JN162188

逆転異世界の冒険者
逆転した異世界でお気楽ハーレム旅！
赤川ミカミ
Mikami Akagawa
illust:鎖ノム
KiNG novels

囚われのエルフ姫
クリスティーナ
ハイスペックお姫様
アイリーン
（アイリーン・リィン・リルムナ）
異世界からの冒険者
安藤康明
（ヤスアキ）

凄腕トレジャーハンター
フィル
（フィルデリカ・カノーヴィル）
謎めく神殿の美女
ラティーシャ

「わっ！　胸の中で、さらに大きくなりましたわっ！」
彼女が大きく胸の谷間を広げ、一瞬だけモノが外気に触れる。
冷たい風を受けたそれが、次の瞬間には温かな胸へと
また挟み込まれた。
パチン、と乳房同士の当たる音とともに、
モノ全体が強烈に挟まれる。
「ふっ！　イキそうなんですか？　くっ！　んっ！」
ひゃっ！　い、今、
跳ねましたわ。ぴくって！

～逆転した異世界でお気楽ハーレム旅！～

赤川ミカミ
illust:鎖ノム

KiNG novels

contents

プロローグ１　逆転異世界？

その日の俺は、目覚まし時計の音（ベル）を聞く前に目が覚めた。

床が硬い。天井が、石で出来ている。

壁も石だ。どうやらこの建物は、石造りらしい。

俺を取り囲むように、妙なオブジェが並んでいる。

……どこだ？

俺は自宅のベッドでないことに気づき、身を起こす。

上半身を起こすと、自分が寝ていたのがカーペットすらない床の上だったのだとわかった。

その上、怪しげな魔方陣まで書かれている。

当然、俺の自宅ではない。

どうやら会社で寝落ちしたとか、過労でぶっ倒れたわけでもなさそうだ。

いったい、どうなっている？

平凡なリーマンの常として、昨日も残業を終えてから泥のように眠っていたはずだが。

会社と家の往復。俺が支配されているそんなルーチンに、こんな場所はないはずだった。

「うわっ」

そのとき、オブジェだと思っていた物が急に動きだして、思わず驚きの声を上げる。

それは向こうも同じだったようで、ひそひそと囁き合っているようだ。

どうやら、俺がオブジェだと思っていたのは、鎧を身につけた本物の兵士たちのようだった。

ここは、コスプレ会場なのか？

そう思って、俺は自分の姿にも目を向ける。そんなに変な格好はしていない。少なくとも、彼らのような鎧姿ではなかった。

「おい、本当に黒目黒髪だぞ……」

「異世界人!?　伝説は本当なのか？」

俺そっちのけで、コスプレ野郎たちが内緒話を続けている。

正直いい気分はしないが、何もわからず囲まれている以上、流れに従うしかなさそうだ。

黙って見ていると、兵士のひとりが部屋の外に向かって言った。

「おい、連れてこい！」

その声に従い、ドアの向こう側から別の兵士が女性をふたり連れてやってきた。

どちらもやたらと露出の多い服を着ている。それこそ、コスプレみたいな格好だ。

しかし……。

片方は見た目が良い、細身の美女だった。細身といっても胸は大きく、きっちりとくびれた腰。

その眩しい肢体を惜しげもなく晒してくれるのは、男として非常にありがたいことだ。

もう片方はというと……少し格好を考えたほうがいいかもしれない。

まずはトロールを想像してくれ。よくある、緑色をした怪物だ。そいつの肌を、緑から白に変えてみてほしい。

それが、俺の目の前にいるもうひとりの女だった。

隣の美女と比べると、横幅が二倍くらいあるぞ。

腹回りも、ここまでいけばむしろ、触ったら気持ちいいのではないかと思うほどにぶよぶよだ。

「おい」

兵士のひとりが焦れたのか、ふたりを見比べる俺に声をかける。

その偉そうな態度に少し腹が立ったが、まあいい。とりあえず、そいつのほうに顔を向ける。

「お前の目から見て、どちらが美人だと思う？」

なぜか、美女のほうからあからさまに目を背けるようにして、兵士が尋ねる。

俺はたいして考えもせず、その美女のほうを指差した。

その瞬間、兵士たちが一斉にどよめく。

「おい、マジかよ」

「伝説は本当なんじゃないか」

「実際、召喚されてるし」

「こっちを美女と答えるだなんて」

兵士たちの反応には、俺をからかったり騙しているような様子はない。

奴らは本気で驚いて、俺の選択に動揺しているようだ。

何に驚いているのかは、さっぱりわからないが。

……おいおい、まさかな。

こういう展開は、ネット小説で読んだことがある。

つまりは、美醜の価値観が逆転した世界――。

さっき奴らの口から、召喚って単語も飛び出していた。

もしかしたら俺は、逆転異世界に召喚されたのか!?

いや、そんなことが本当にあるのか？

すぐに疑問が湧き出てくる。

どっきりか何か――というのが、現実的な線だろうか。

だが、こんな本物っぽいセットまで作り、奴らが俺を騙す理由もないだろう。

「おい、お前、名前は？」

「……安藤康明（あんどうやすあき）」

「アンドウヤスアキ？　変わった名前だな」

兵士はもの珍しそうに俺を見て、首を傾げる。

ああ、こんな反応も読んだことがある。

あまりにもベタすぎるリアクションだ。

思わずニヤニヤしてしまう俺を気にせず、兵士は話を続けた。

「どうやら本物らしいな。こっちへこい」

さっきから本当に気に食わない態度だが、武装した兵士相手に対抗手段などない。

俺はおとなしく男に従って、しばらく歩かされた。

くそっ、そもそも召喚とやらが本当だとして、なんのために呼んだんだ？

促されるまま連れてこられたのは、一見して牢屋だった。

途中、階段をけっこう下りたから、ここは地下なのだろう。

窓もなくて薄暗いし、どこもかしこも煤けている。

いくつか並んだ牢を、どんどん奥へと進んでいく。

けっきょく一番奥の牢まで来たところで、兵士が立ち止まった。

「ここだ。おい、クリスティーナ」

誰だろう？

ふてくされていた俺がふと顔を上げると、牢屋の中には絶世の美少女がいた。

「おぇぇ……俺、思いっきり見ちゃったよ……」

「馬鹿だな、居るのはわかってんだから目ぐらい伏せとけよ」

「うぇぇ。やっぱり見るんじゃなかった」

「何やってんだよ、お前」

「いや、だって気にはなるだろ……つい」

後ろでごちゃごちゃと、兵士どもが喚いている。

だが、そんな声はどうでもよかった。

牢屋の中に入れられた美少女。

彼女は、思わず呼吸を忘れるほどに美しかった。

牢屋の壁などという、くすんだ景色を背にしているにもかかわらず……。

金色の髪も、嘘のように整った顔も、すらりと伸びた手足も、こぼれそうな胸も、彼女のすべてが輝いているように見えた。

先ほどの美女は常識の範囲内だったが、この少女は規格外だ。

俺のなかには、彼女の美しさを言い表す言葉はない。それに気になるのは……その特徴的な長い耳だった。これって……もしかしてエルフってやつなのか？　ファンタジー的な？

人間にはあり得ないほどのその美貌に見惚れたまま、彼女から目が離せなくなる。

すると隣で顔色を悪くしていた兵士が、俺に尋ねてくる。

「おい、お前。……この女を、抱けるか？」

「……ああ、もちろん」

こんな美女を抱くチャンスなんて、一生巡り合えないのが普通だろう。

要求の意味を考える間もなく、思わず即答してから、そこで少し迷う。

彼女は、どんな罪で牢屋に入れられているんだ？　異種族だからか？

そしてなぜ、この兵士はそんなことを唐突に俺に聞く？　抱くって……つまりセックスとしてか？

「よし、じゃあ抱いてみせろ」

牢が開けられ、兵士に背中を押される。

「……いや、待て、俺は」

とっさに踏みとどまったが、兵士は俺の背をぐいぐいと押してくる。

当然、訓練されているであろう兵士のほうが力が強く、俺は牢に押し込められてしまった。

すると、即座に扉が閉められてしまう。

「拒否権はない。この場でその女を抱くんだ。そうするまで、ずっと見張っているぞ」
抗議の視線を向けるが、兵士は何も言わず、彼女のほうを顎でしゃくった。
俺は仕方なく後ろを向く。
絶世の美少女も、こちらを見つめていた。
その目が少し期待に満ちている……と思うのは、俺の妄想だろうか？
兵士はもう何も反応せず、牢屋の中にいる俺たちを見ていた。
どうやら本当に、彼女を抱かせるつもりらしい。
どうしたものか。
俺は美少女の様子をうかがう。
彼女は不思議そうにこちらを見つめているが、向こうから何かしてくる様子はない。
戸惑ったまま見つめ合っていると、後ろから兵士の声が飛んできた。
「クリスティーナ、脱げ。したいようにしてみろ」
兵士の命令に、クリスティーナと呼ばれた美少女がしずしずと服に手をかけた。
簡素な服は簡単に肩から落ち、美少女の胸を露出させる。
彼女の大きな胸がぶるんと揺れて飛び出した。美しい肌に、どきどきしてしまう。
その光景だけで、俺の理性は吹き飛びそうになる。
柔らかそうな胸を凝視する俺に、彼女が頬を紅く染めた。

プロローグ2　囚われ美少女との強制セックス

絶世の美少女が、俺の前でおっぱいを見せている。

本来なら、すぐにでも飛びつきたくなる状況だ。

だが……。

ここは牢屋で、兵士が俺たちを見張っている。

他人に見られながらする趣味はない。

でも正直に言って、それだけの理由でこのチャンスを逃すのは惜しい気がした。

しかし問題は、このクリスティーナという美少女が、なぜ牢屋に入れられているのかもわからないということだ。

クリスティーナは胸を露出させたまま、まっすぐに俺を見ている。

その、どこかあどけない瞳に吸い込まれそうになった。

彼女が身じろぎをすると、その豊満な胸も揺れて、ますます目を奪われてしまう。

「おいヤスアキ、遠慮はいらないぞ。この女は、かなりのドスケベだからな」

後ろから再び、兵士の声が掛かる。

目の前の美少女が、ドスケベだって？　こんなに可憐なのに？

「……ごくっ」

俺は、思わず唾を飲み込んだ。

クリスティーナもまた、その兵士の声に応えるように、自らの胸を持ち上げてみせる。

柔らかそうな乳房に、少女の細い指が沈み込んだ。今すぐにでも、あのおっぱいにむしゃぶりつきたいのは間違いない。

状況も忘れて、俺の股間が反応を始める。

クリスティーナの視線がそんな俺の股間へと向き、驚いたように見開かれた。

「あの……それ……」

小声だったが、鈴の音のような綺麗な音は、俺の耳にすっと入ってきた。

クリスティーナの口から零れる声は、彼女の容姿にふさわしいほど美しいものだった。

彼女は俺の股間と顔へ、交互に視線を行き来させながら、自分の足の付け根へと手を伸ばす。

何をしているのだろうか、と考える間もなく、彼女の手がするすると自らの足を伝っていく。

「なっ」

クリスティーナはなんと、自らの下着を脱いでいたのだ！

丸まった下着を軽く放り投げる。俺の視線は思わず彼女のパンツを追いかけた。

「ヤスアキ様」

呼ばれて視線を戻すと、俺の思考はフリーズした。

クリスティーナは、少し足を開いて、自らの衣服をたくし上げている。

既に下着は無く、彼女の女の子の部分がはっきりと見える。

陰毛のないつるつるの恥丘で、その秘裂は慎ましやかに閉じていた。

そこに、クリスティーナ自身の細い指が伸びて、秘裂をくぱぁと拡げる。

じわりと蜜が溢れ出し、彼女の内側が見えた。

綺麗なピンク色をしたおまんこが、男を求めるようにヒクヒクと動いている。

クリスティーナの半ストリップと淫花を見せつけられて、俺の理性など容易に消し飛んだ。

「あんっ」

そのまま彼女に襲いかかる。

まずは、最初から露出され、俺を誘っていたおっぱいだ。

想像以上の柔らかさに、俺の指が乳肉へと沈み込む。

むにゅむにゅと揉んでやると、それに合わせていやらしく形を変えるのだ。

「んっ、ふぅ……やんっ！　男の人の指って、こんなに力強いんですね」

耳元で囁かれて、俺の興奮はさらに高まっていく。

指の隙間から零れるほど柔軟な乳肉とは対照的に、俺の肉棒はもうガチガチだった。

その肉棒へと、クリスティーナの手が伸びる。

「うぁっ！」

ズボン越しだというのに、思わず声を上げてしまった。

「硬い……これが、おちんちん……」

美少女の指が、さすさすと俺の竿をなで回している。そのシチュエーションだけでとろけそうだ。

さらには、声のトーンを落とした美少女のエロい呟きが、興奮をますます煽ってくる。

「わっ、今おちんちんがぴくってしました……ひぅっ！」

お返しに乳首を摘まんでやると、彼女の体が跳ねた。

零れる大きな声に慌てて口をふさいだ彼女を、一気に押し倒す。

「ヤスアキ様」

まっすぐに俺を見上げる、クリスティーナの潤んだ瞳。

それだけでもたまらないのに、彼女はそのまま俺のズボンに手をかけ、脱がせてくる。

積極的に求められて、ますます燃え上がってしまった。しかし――。

「ぐぅうっ！」

「ご、ごめんなさい。おちんちん、引っかかっちゃいました」

完全勃起したペニスが下側に引っ張られて少し痛かった。彼女がドスケベだというのは本当らしいが、もしかしたらあまりセックスに慣れてはいないのかもしれない。

彼女の手がズボンの中へ進入し、引っかかっていた肉棒をすくい上げる。

たどたどしい手つきで、彼女の手がズボンを脱がしていき、ついに肉棒をすべて露出させた。

「熱い……それに、とっても硬くて、大きいですわ」

既に我慢汁を垂れ流している俺の竿に、クリスティーナが感動の声を上げる。

「ひゃぁうんっ！　ヤスアキ様の手が、わたしのあそこに……」

彼女の秘所にも手を伸ばすと、もうトロトロで、次々とみだらな蜜を溢れさせている。

「クリスティーナ、挿れるぞ」

「はい……はいっ」

嬉しそうに、彼女が頷いた。顔の筋肉は緩みきって、口からはよだれが零れている。

なんてエッチな娘なんだ！

絶世の美少女がドスケベだなんて、最高じゃないか！

俺ははやる気持ちで乱暴になりすぎないよう、慎重に肉棒を膣口にあてがった。

「んふぅ！　ヤスアキ様のおちんちんが、わたしのおまんこに、ふぁぁあぁぁぁっ！」

奥へと押し進めようとした途端、クリスティーナの腰が跳ねて、ペニスから逃げる。

どうやら絶頂したらしい。

愛液を吹き出しながら、彼女の秘所が震えている。

「はぁっ……！　まだ、入ってないのに、イっちゃいました」

恥ずかしそうに自己申告するクリスティーナ。だが、俺はこんな状態で止まれない。

「続けるぞ」

有無を言わさない勢いで告げると、彼女もしっかりと頷いた。

美少女の秘裂に、再びガチガチのペニスをあてがう。

つぷ、と抵抗を受けながら、俺の肉棒が彼女の膣に押し入っていく。

「ああんっ！　わらひの中に、入ってくるぅ……っ！」

入り口から既に狭く、締めつけがきつい極上まんこだが、イった直後だというのが幸いしたのか、腰を押し進めることが出来た。

きゅうきゅうと締まる膣壁は、肉棒を拒んでいるのではなく、さらに奥へと迎え入れるかのように蠢いている。

彼女のそんな誘導に従って、俺はさらに肉棒を沈めていく。

「お、大きいおちんちんで、わたしの膣内、ぐいぐい拡げられちゃってますっ……」

その逞しい肉棒が、急に抵抗を受けて止まった。

処女膜……？

クリスティーナの顔に目を向けると、彼女はぎゅっと目を閉じて、頷いた。

こんな美少女の処女をもらうことが出来るなんて！

達成感が溢れて、それが更なる快感へと繋がっていく。

抵抗を受けながらも、喜びと共に肉棒を押し進めた。

「んんっ……おちんちんの先っぽが、ぐりぐり入り込んで、あっあっ、んうっ！」

じゅわっと蜜が溢れ、滑りをよくする。

「んおぉおっ！」

クリスティーナが、低い声で喘いだ。

ついに、亀頭が彼女の子宮口をこつんと叩いた。一番奥まで入ったのだ。

「はっ、ふっ、ん。ヤスアキ様のおちんちんが、わたしの中全部に届いてますっ」

クリスティーナの膣壁で竿全体を包まれて、とても気持ちいい。

下手に動かせば、すぐにでもイってしまいそうだ。

「本当に、ありがとうございます」

奥まで俺の肉棒を飲み込んだクリスティーナは、小さく感謝を囁いた。

お礼を言いたいのは、こっちのほうだ。

「わたし、こんな風に抱いてもらえるなんて……本当に……」

彼女は感極まったかのように声を震わせると、ぎゅっと俺に抱きついてきた。

彼女の大きなおっぱいが俺の胸で潰れ、柔らかく形を変える。

そんな風に感謝されると、胸を満たす暖かさと肉棒を支配する熱さの間で戸惑ってしまう。

だが、クリスティーナは潤んだ瞳で俺を見つめ、甘えるような声で懇願してきた。

「ヤスアキ様、動いてぇ……気持ちよさが、ムズムズして切ないのぉっ……！　ガンガン突いて、おまんこ気持ちよくしてくださいっ！」

「まったく、なんてドスケベなんだ！」

そんな風に頼まれて、断れるはずがないじゃないか！

俺は乱暴なほどに腰を振り始めた。

「んおっ！　ふっ、あんっ、ぐっ、ふぅ！　おちんちんが、ズブズブって出たり入ったりして、んああっ！」

ヒダがペニスに絡みついて、カリや裏まで刺激してくる。

貪欲なまでの蠕動に、俺の射精感がどんどんと高まってくる。

「おふぅっ！　それ、らめぇっ……！　太いところが、ガリガリひっかくのぉ……っ！」

「ぐっ……そろそろ、イクぞ」

「わら、わらひも、またイっちゃう。んっ、あっあっ、イクッ……！」

クリスティーナの体が大きく震えて……果てた。

膣内の収縮がひときわ激しくなり、肉棒から精液を搾り取ろうと蠢く。

それに耐えきれずはずもなく、俺は彼女の中に思い切り射精した。

「ああっ……これが、精液……男の人の、射精。わたしの中に、びゅるびゅるって溢れてるっ」

美少女との中出しセックス、最高だ！

「ヤスアキ様、ありがとうございます。わたしを抱いてくれて」

俺は力強く彼女を抱きしめた。

その体の柔らかさ、温かさが、俺をさらに燃え上がらせた。

プロローグ3　クリスティーナと牢獄バック

一回の射精では、まったく物足りなかった。

ムクムクと力を取り戻した俺の肉棒を見て、クリスティーナが息を呑む。

「ヤスアキ様、もうこんな元気に」

彼女もまだしたりないみたいだ。顔を上気させて、俺の肉棒を眺めている。

ふと、思い出したように俺は兵士のほうへ目を向ける。

奴らはみんなこちらに背を向けていた。

なるほど、さすがに監視が仕事だとしても、ヤッてるところは見たくないらしい。

こちらを気にしながらも、決して顔を向けようとはしない。

まあ、鍵が掛かっている以上、牢からは逃げようもないから、それでもいいのだろう。

「しかし、ふん……」

俺の中にちょっとしたいたずら心が芽生える。

「クリスティーナ、そこの鉄格子を掴んで、尻をこっちに向けろ」

「はい」

彼女は素直に頷いて、俺が言ったとおりの格好になる。

一見すれば、出して欲しいと鉄格子を揺すっているようにも見えるだろう。

同じ牢屋に入れられた俺に襲われて、まるで助けを求めているかのような美少女の姿。

俺は後ろから、そんなクリスティーナにわくわくして近づいていく。

美少女を追い詰めているようで、とても興奮した。

屈んだことでまくれ上がった服から、彼女の秘所が丸見えだ。

兵士が振り向けば、あちらからは彼女のおっぱいが丸見えだろう。

「あ、あの、ヤスアキ様」

顔だけ振り向いて、クリスティーナが俺に小さく話しかける。先程よりももっと小さな声だ。

「こ、この格好だと、あちらから見えてしまいますわ」

「見せつけてやればいいのさ。ほら、もっと足を開いて、お尻を突き出してくれ」

「は、はい……」

困惑しながらも、律儀に言ったとおりの姿勢をとるクリスティーナ。

ほどよい厚みをもったお尻が、つんとこちらに突き出されている。

足を開かせたおかげで、わずかに開いた秘裂から蜜が零れ出す。

俺はその絶景を、後ろから眺めていた。

絶世の美少女が、似つかわしくない牢屋で股を開いている。

鉄格子の向こうでは、いかめしい鎧をきた兵士が立っている。

陵辱もののファンタジー作品みたいな光景だ。

もっとも……。

「クリスティーナ、どうしたんだ？　見られそうだと言ってから、どんどん愛液が溢れてきてるぞ？」

「あうぅ……それは……」

言い淀む彼女の美尻を後ろから眺め、堪能する。

「あっあっ、そんな、じっと見ないでくださいませ」

振り返ったクリスティーナが、彼女の股間に顔を寄せていた俺に気付いて声を上げる。

その間にも彼女の秘裂からは、はしたない汁が流れ続けている。

「あ、あの、ヤスアキ様。そろそろ……」

「ん？　どうした？」

俺はもじもじとしだしたクリスティーナに聞き返す。

彼女は頬を真っ赤に上気させて、一段小さい声で続けた。

「お……おちんちんを、わたしのおまんこに挿れてください」

彼女の声に、ぴくん、と肉棒が跳ねた。

美少女を支配しているという感覚に、背筋がゾクゾクとする。

本当はもっと焦らしていたかったが、俺のほうが耐えきれない。肉棒はもう我慢汁を垂らして、一刻も早くクリスティーナを犯したいと張り裂けそうになっている。

「ああ、それじゃ挿れてやる」

俺も膝立ちになって、彼女のお尻を掴む。指に吸いついてくるようなすべすべの肌を軽く楽しんでから、滾った肉棒を彼女の膣に挿入していった。

「ひぃぅっ！　声、でちゃっ……！」

鉄格子を掴んだままでは何もできず、漏れ出る声を抑えようとするクリスティーナ。

その姿に、俺の嗜虐心が刺激されていく。

「動かすぞ、クリスティーナ」

「ひゃうっ、耳元っ……！」

彼女にそう囁くと、俺は抽送を始める。

先程の行為ですっかりほぐれた膣内を、俺の肉棒が蹂躙していく。

「あふっ！　あっ、んっ、ふっ……んんっ！」

必死に声を抑えようとしているクリスティーナを、後ろからガンガンと突いた。

ズリュ、ジュッリュと愛液で、肉棒はスムーズに飲まれていく。

「ヤスアキ様っ……ダメですよぅ……そんなにしたら、声っ……」

「思いっきり聞かせてやればいいんだ、よッ！」

「おほぉっ！」

バックであることを活かし、思いっきり奥まで突き入れる。

クリスティーナの口から、彼女の容姿にふさわしくないような低い喘ぎ声が跳び出す。

兵士たちがその声で、びくりと跳び上がったのが見えた。

「クリスティーナ。周りの兵士たちが、お前のエッチな声を聞いてるぞ」

「やぁぁ……そんなのダメですわ。わたしなんか、のぉぉおぉぉっ！」

再び奥まで突き入れて、腰の勢いを増した。

子宮口にガンガンと亀頭が当たる。引き抜くたびに、カリ首の部分を膣壁がとらえて擦りあげる。

「んあっ！　あぅ！　ぁめっ！　そんなに激しくおまんこ突かれたらぁっ！」

クリスティーナが思いっきり嬌声を上げる。

激しい腰の動きに、彼女が掴んでいる鉄格子もがちゃがちゃと音を立てていた。

「あ、ダメ、イっちゃう、イっちゃうぅぅぅ！」

背中を反らしてクリスティーナが絶頂する。

「あ、ふぁぁぁ……」

急激に収縮し肉棒を締めつける膣壁。俺は腹と足に力を込めて、なんとか射精を耐える。

それでも溢れ出る我慢汁が、彼女の膣に搾り取られた。

繰り返されるエロ行為と、攪拌するような動きのせいで周囲に性臭が満ち始める。

「あっあっ、ふぁ……」

鉄格子を掴んだまま、ずるりと崩れそうになるクリスティーナをしっかりと支える。

音と臭いだけだからこそ想像が働くのか、背を向けたままの周囲の兵士たちが、前屈みになっていた。これだけ男がいながら、俺だけが彼女を抱いている。

優越感がムクムクと膨らみ、肉棒も膨らんだ。

「ひぃあっ！　おちんちんが、膣内で大きくなってますわっ！」

金玉のあたりがぞわぞわとむずかゆくなってくる。

中の精子が、早く種付けさせろと俺を急かしているようだ。

「くほぉ！　おちんちん、中で暴れてりゅぅ！　わらひのおまんこ、ぐちゅぐちゅにかき回してりゅのぉっ！」

がしゃがしゃと鉄格子を鳴らしながら、クリスティーナが叫ぶ。

彼女はもう、見られそうとか聞こえてしまうとかいう考えは吹き飛んで、ただただ快楽を求めていた。嬌声を上げ続け、膣壁がきゅうきゅうと肉棒を締めつけてくる。

ほんとにこんなにドスケベだったなんて……最高じゃないか！

「らめぇ、またイっちゃうのぉ……ヤスアキさまぁ、わらひの膣内に、精液いっぱいくらしゃいぃいっ！」

呂律の回っていない声で、クリスティーナがみだらなおねだりをしてくる。

膣壁も彼女の意思に従って正直に蠕動し、ペニスから精液を搾り取ろうとしていた。

俺もそろそろ限界だ。精液が尿道を駆けあがってくる！

「めいっぱい注ぎ込んでやる。うけとれっ」

「ひゃいっ！　んぁぁぁ、イックゥウウウウ！」

ビュルルルルッ！っと勢いよく飛び出た精液が、彼女の膣内を白く染めた。

ぎりぎりまで耐えた分、濃くて量も多い精液だ。二回目とは思えない。

「ヤスアキ様の精液が、わたしの奥をベチベチ叩いてますぅ……」

鉄格子に寄りかかったクリスティーナが、幸せそうに呟いた。

俺は彼女の柔らかな体を抱き上げて、牢屋の簡素なベッドに寝かせてやる。

「セックスって、しゅごいですわ……」

簡単に彼女の身なりを整えようとしたが、激しい行為のせいで、服もぐちゃぐちゃだったからだ。

「……お、終わったか？」

背中を向けたまま問いかける兵士に、俺はたっぷりと間をとってから答える。

「ああ、終わったぞ」

「そ、そうか」

兵士のひとりが振り返る。俺だけを視界に入れるようにしながら、こちらに尋ねてきた。

「ではさっそく、その女を連れて、この国から出て行ってくれるか？」

「……どういうことだ？」

クリスティーナを抱かせたことといい、意図のわからない発言に、俺は疑問を返す。

「我らの王から、詳しい事情を話すことになるだろう」

兵士は牢屋の扉を開けて、俺を呼び寄せた。

「おい、クリスティーナ！」

「いや、ヤスアキだけ来てくれ」

彼女への呼びかけは遮られ、俺だけが牢から出される。

「あの女を、王の前に連れて行くわけにはいかん」

兵に連れられて行く前に、もう一度だけ、クリスティーナを振り返る。

俺と目が合った彼女は、小さくこちらに手を振ってきた。

俺は少しだけ迷ってから、そんな彼女に手を振り返す。

そして兵士にうながされるまま、王の下へと向かった。

一話 旅立ち

俺は兵士に連れられて、王の待つ部屋へと向かっていた。

長々と続く城内の廊下は、赤いカーペットに石造りという、いかにもなファンタジー風の造りだった。大仰な扉が開かれると、これまたいかにもな王座の間に通される。

一目で王様だとわかる人物が、高い王座から俺を見下ろしながら口を開いた。

「本当にあのような娘と交わることができるとはな。さすがは、異世界人ということか」

兵士の短い報告を聞き、王はあらためて、俺を興味深げに見た。

「お主にはな、あの娘……クリスティーナを連れて、この国から出て行っていただきたいのじゃ」

単刀直入に言う王の真意を探るように、俺は疑問の目を向ける。急に出て行けとはあんまりだ。

王はそんな俺を見据えると、ゆっくりと話し始めた。

「クリスティーナを連れていってほしいのは、あの見た目が原因なのじゃ。この国では、あのような容姿の者には極刑が与えられる。しかし、あの娘はその限度を超えているのじゃ。誰も触れようともせぬので、処刑さえもままならぬ……。当然、森や街中へ放つわけにもいかない。どうしていいか困っておったのじゃ」

王は一度話を区切り、俺の髪へと目を向けた。

「そこで、お主を呼んだのじゃ。というのも、百年前、醜女（しこめ）ばかりを集めた街に救世主が現れたのだ。その者は黒目黒髪の異世界人だったと言い伝えられておる。また、その異世界人は醜女への耐性があるという伝説も残っているため、こうして召喚を行ったのじゃ」

なるほど。

この世界の醜女……というのは、つまり俺にとっては美人ということのようだ。

例えば、さきほどのクリスティーナのような。

耐性がある、なんて言い方じゃ足りないだろう。価値観が違うのだろうが、俺にとっては最高に魅力的だった。

「その街は、今でも発展しているらしい。そして、世界中から醜女が集まってくるというのじゃ」

王は一刻も早くクリスティーナを放逐したいのか、どんどんと話を進めていく。

「そこで、お主にはクリスティーナを連れて、その街へ行ってもらいたい」

王の目は真剣そのものだ。

容姿を理由に死刑なんて法律は、俺にとってはありえない話だが、この王はおかしいとは思っていないようだ。この世界では、それはよほどの罪なのだろうか。

「それに、異世界人にとっては、そのような自由な街のほうが過ごしやすいじゃろう」

自分勝手に呼びつけておいて、とんでもないことを言っている。

この王は、手に負えないクリスティーナを始末させるために、異世界から俺を呼んで、そのまま放り出すと言っているのだ。

どうやら本当に、ここは逆転異世界らしい。

なにもかもがおかしくて、俺の常識はまったく通用しそうになかった。

まあ、ブスだから死刑だなんていうとんでもない国に、元の世界の常識を求めるのが間違っているのかもしれない。

本来なら、そんなわがままに付き合う理由はない。

同意も得ずにいきなり異世界に召喚しておいて、揉め事だけ押し付けて旅立たせるなんて。

しかし身勝手なこの王様が、要求を受け入れなかった俺にまともな待遇を与えるとは考えられない。牢屋に入れられっぱなしというのも、充分にありうる。

いや、俺には兵士たちも普通に触れるだろうから、死刑の可能性もあるのだ。

「ああ……でも……じゃあ反対に……」

俺は小さく呟く。

反対に、王の要求を受けた場合はどうだろう。

その醜女が集まる街とやらは、俺にとってみれば美女だらけの街というわけだ。

この世界の男どもは美女に興味がないらしいから、俺はハーレムを作ることも出来るだろう。

総合的に見て、異世界の出来事にしては悪くない提案だ。いや、むしろとてもいい条件ではないだろうか。この召喚は。

まだ詳しくは聞いていないが、行き先が国の外ということは、けっこう遠いのだろう。

そこだけが課題になりそうだが、クリスティーナほどのレベルの美女ハーレムを作るためなら、多少の苦労はしてみる価値がある。

それに……。

俺は牢獄にいたクリスティーナをじっくりと思い出す。

彼女だって、ずっと牢屋にいるよりも、街で自由に暮らしたほうがいいに決まっている。儚げに手を振る姿が、目に焼き付いていた。

よし。王の話に乗ってやろう。

「ああ、わかった。クリスティーナを連れて、その街とやらを目指そう」

「おお！　引き受けてくれるか！」

途端に王の顔が明るくなる。国王のくせに、あからさまなやつだ。まあ、お互い様だがな。

「だが、もちろん俺からも条件がある」

「うむ、言ってみよ」

「まずは移動手段だ。車……馬車がほしい。それに御者もだ。あとは国を越えるなら通行書とかも必要なのか？　食料や衣類、金も当然必要だな。だったら馬車は大きめのものにしてもらおう。二頭引き……とかの。当然、優秀そうな馬もつけろよ」

「ちょ、ちょっと待つがよい、異世界人よ」

思いつく端から要求していく俺に、王がストップをかける。

さすがに注文が多すぎたか？

「まず、馬車や馬は用意しよう。だが、御者があの醜女と同行するのは無理じゃ。それが出来るならそもそもお主を呼んでいない。人はつけられない。あくまでふたりで国を出ていってくれ」

なるほどと、俺は考える。

確かに、王の言うことはもっともだ。

俺が彼女の相手をし、御者が馬車にだけ専念するなら、無理ということはないだろう。

だが、その仕事を引き受ける人間がいないということなんだろうな。

牢内に居ることすら我慢できず、死刑も無理で、目も合わせられないほどに嫌っているのだからな。ならばここは引き下がり、代わりの条件を突きつけよう。

「ああ、わかった。ならば御者はいい。その代わり、道中で馬車のメンテナンスを人に頼めるよう、金を上乗せしてくれ。この国を出る前に、馬の不調で俺たちが行き倒れたりしたら困るだろう？」

今度は王がしばし考え込む。

この国の状況など知らないし、そもそも異世界の常識がわからないから、どの程度の要求が通るのかも行き当たりばったりだ。

それでも、王は頷いてくれた。

俺は運がいいようだ。あるいは、王がよほどクリスティーナの扱いに困っているのか。

「ああ、いいだろう。金で解決するなら安いものじゃ」

王は頷いて、他の条件にも応えてくれる。

「通行に必要な書類のたぐいは、当然用意する。食料なども充分に与えよう」

俺の要求が次々と通っていく。

何不自由のない準備をしてもらったうえで、最高の美少女とのふたり旅。しかも目的地には、きっと美女ハーレムが待っている……。

俺にとっての都合が良すぎて、怖いほどだ。

「必要な物はすぐに手配しよう」

王は兵士を呼び寄せ、俺の要求をそのまま伝えた。そいつはすぐに、どこかへ走り去っていく。

「よいか。願いはすべて叶えるのだから、準備ができ次第、すぐにでも出発してもらうぞ」

「ああ、わかった。だが、急ぐからって適当な馬車だったらごねるぞ？」

格好悪いことこの上ない脅しだが、王はそんな俺にも鷹揚に頷いた。

「安心せよ。こちらとしても、クリスティーナの放逐が最優先じゃ。お主に気持ちよく旅立ってもらったほうが、お互いのためじゃろう」

まったくそのとおりなので、俺は素直に頷いた。

女性への価値観が違いすぎるだけで、この王はそこまで悪人というわけでもないのかもしれない。

「それでは、下がって休むがよい。準備が整い次第、お主を呼びに行かせよう」

俺は寄ってきた兵士とともに王に一礼すると、誘導されて王座の間を出る。

さて、どうするか……。勢いで引き受けはしたが、本当になにもわからない。

俺は旅の準備が整うまでの間、牢獄にいるクリスティーナに会いたいと兵士に伝えた。


「本当ですか？」

俺がさきほどの内容を話すと、クリスティーナは顔をほころばせて訊いてくる。

「ここから出て、外へ行けるなんて……。それもヤスアキ様と一緒だなんて、とても素敵ですわ」

素直に喜んでくれた彼女に、俺は少し安心する。もしかしたら、他にも俺が知らない事情があって、彼女がここにいたいと言い出す可能性もあったからだ。

「それに、容姿差別のない街、というのも楽しみです」

クリスティーナは期待を隠し切れない様子だ。

俺はひと息ついて、周囲を見回した。

薄暗い牢屋だ。やはり美少女がこんな扱いを受けるなんて、納得出来ないことだ。

すでに体の関係になってしまったことだし、彼女を少しでも助けてやりたかった。

エルフの美少女と出会えるなんて……。

その彼女が男顔負けにドスケベだっていうし、もうこの旅には、期待せざるを得ないじゃないか。

そもそも、この世界を知る彼女は、旅の仲間としても不可欠な存在だろう。

「ところでクリスティーナ、地図は読めるかい？」

俺はこの世界の地理をまったく知らない。

それに、馬車での旅なんて当然初めてだった。

正直なところ、不安はまだかなり大きい。

だが、これも美女ハーレムのためだ。男の野望のためなのだ！

やる価値のある苦労だろう。

「はい、お力になれると思います」

両手をぐっと握りしめて、クリスティーナも力強く言ってくれた。

「それは助かる。でもさすがに、馬車を操ったことは……」

「それはありません……で、でも、馬になら乗ったことがありますわ」

「ほう。じゃあ、けっこう馬には慣れてるのか？」

「それは、えっーっと……頑張りますわ！」

どうやら、あまり得意ではないらしい。

まあ、エルフと馬の相性が良いのかは、俺には分からない。

俺だって、馬車なんてテレビや映画とか、ネットの情報で見たような知識しかない。

それでも、やるしかないだろう。

外に出るのがよほど嬉しいのか、クリスティーナは鼻歌を歌いながら、ワクワクを全身で表現してくれている。

出発の準備が整うまで、俺はそのまま牢屋で彼女と過ごした。

少しでも仲良くなろうとクリスティーナと話していると、しばらくしてやっと、兵士がこちらに向かってきた。

やはり彼女からは顔を逸らしながら、俺にだけ言葉を投げかけてくる。

「出立の用意が出来たから、物資を確認したなら、もう旅に出てほしいそうだ」

「ああ、わかったよ」

俺は頷いてから、今度こそクリスティーナとふたり連れ立って、牢を出る。

「楽しみですわね、ヤスアキ様」

俺の腕に自身の腕を絡めて、クリスティーナが楽しそうに呟く。

押し付けられる柔らかな胸の感触を楽しみながら、これから始まる旅に、俺も大きな期待を抱くのだった。

二話　クリスティーナの生い立ち

御者台に座って、慣れないまま馬をなんとか操っていく。

最低限のことだけ兵士から教えてもらうと、俺たちは急かされるように城を追い出されていた。

そのおかげで、真っ直ぐな道なら走らせることが出来るようにはなってきた。

最初はいっぱいいっぱいだったが、少しは他のことを考える余裕も出てくる。

そうなると、移動中というのはとても暇だ。自動車と違って、やることはそれほど多くない。

まだまだこの世界のことは、知らないことが多い。必要なことは早めに知っておいたほうがいいだろう。そこで俺は、後ろに乗っているクリスティーナに問いかけてみることにした。

「なあ、クリスティーナはどうして、あの城に捕まっていたんだ？」

「わたし、ですか？」

馬車は意外とうるさい。俺の声を聞き取ろうと、クリスティーナがこちらへ近づいてくる。

声をかけられたことさえも嬉しい……というように、弾むような動作だった。

孤独な環境で牢屋にいたせいだろうか？　彼女は俺と話したり、触れ合ったり、なにか頼られたりするのが好きなようだった。

「そうですね、少し長くなってしまうのですが」

前置きをしてから、彼女は話しだす。

「見てのとおり、わたしはエルフなのです。エルフという種族は、基本的に同族だけで暮らしています。でもあるとき、住むための国の場所を変える必要に迫られたのです」

彼女は過去を思い出すようにして、話を続けた。

「一族のみんなで、大遠征と呼ばれる集団移住をすることになりました。人数も多いですし、とても過酷な旅です」

クリスティーナの顔が、悲しみで苦痛にゆがむ。何があったのかまではわからないが、大遠征というのが、相当に大変だっただろうことは十分に伝わってきた。

「その大遠征の最中に、あの国を通り抜けなければならなかったのです。そこで、王族の末席であったわたしが、献上品として捧げられたのですわ」

「人を……それも王族の女の子を献上品に？」

驚いた俺に対して、彼女はこともなげに頷いた。

「はい。人を献上品とするのが、もっとも高価で、敬意を現すことなのですわ。移動で疲弊した状態で人間たちと諍いが起きては困るということで、最大限の礼としてわたしが引き渡されたのです」

ところがあの国はひときわ、容姿差別の強い国だったようだ。

「放浪のエルフ族とはいえ、国王に礼を尽くしているので問題は起こらず、他のエルフたちは無事に国を通り抜けることが出来ました。役目を果たしたわたしに待っていたのは極刑でしたが、献上された身である以上、その扱いには文句は言えません」

やっぱり、現代日本から来た俺にはついていけない話だ。国を通り抜けるために人を生け贄に捧げるとか、ただ容姿が悪いというだけで極刑になったりとか。

クリスティーナが、自分の扱いを当然のように受け止めているのも、俺の心をざわつかせる。

それでも彼女が囚われていた経緯は分かったので、俺は気分を変えようと、別の話題をふることにした。

「それじゃ、これからについてだ。目指している街以外に、何か面白そうなものや場所はあるかい？」

俺が尋ねると、クリスティーナの顔はぱっと華やぐ。

頼られることが嬉しいのかもしれない。

ただでさえ綺麗な彼女の明るい表情は、俺としても見ていて楽しいものだ。

「そうですね……せっかくの旅路ですし。えーっと、えーっと……」

なかなか出てこないのか、頭に両手を当てながらクリスティーナがうんうんと唸っている。

綺麗な見た目に似合わない、子供みたいな仕草だ。

ようやく何か思いついたのか、ぽんと手を打って叫んだ。

「あ！　混浴温泉、なんていうのがありますよ」

「ほう、混浴か」

食いつきを見せた俺に、彼女は畳み掛けるように説明してくる。

「わたしみたいな容姿だと、普通は公の場所に行くことが禁止されているのですが、そこだけは大丈夫なんですわ」

それはつまり、混浴温泉には美女がけっこう集まってくる？　ということだろうか。

俺はこの世界の男たちの、クリスティーナへの反応を思い出す。彼らは過剰なまでに美人を避けるようだ。そうだとすれば、混浴といっても、実質男はいないのだろう。

美女ばかりが集まる温泉。行ってみる価値はありそうだ。

「じゃあ、少し寄り道してみるか。クリスティーナ、地図を見て案内を頼めるかい？」

「はいっ！」

明るく返事をして、彼女は馬車の後方から地図を取ってくれる。

そして素早くおおよその現在地を説明したうえで、目的地である混浴温泉の場所を指し示した。

「よし、わかったよ。ありがとう」

「んっ……あ……」

俺は少しこちらに傾けられていた彼女の頭を、そっと撫でる。

さらさらの髪の毛が、俺の手を心地よく滑らせた。

撫でられたクリスティーナは満足気な表情だ。

「じゃあ、あのへんで曲がるぞ」

彼女の頭から手を離し、注意をうながした。

そして進路を変えるために、俺は慣れない手綱を握る。

だが馬に上手く意図が伝わらず、二頭の足並みが乱れてしまった。

「きゃっ。あっ……ご、ごめんなさい」

「いや、こっちこそ」

揺れた馬車にバランスを崩したクリスティーナが、俺の背中にもたれかかってくる。

見えなくても、彼女の大きなおっぱいが背中に押し付けられたのがわかった。

馬車の揺れに合わせて、胸が背中を擦り上げる。

俺は魅惑の感触に気を散らしながらも、馬車の運転に集中しようとした。

直進だけならいいのだが、まだ二頭の足並みをきちんと揃えて曲がることが出来ない。

なんとか動かせている、というだけで、決して快適な操作とはいえなかった。

やがてなんとか持ち直して、走りが安定してくる。

気づくと、いつの間にかクリスティーナは俺から離れていたようだった。

「ヤスアキ様」

一区切りついたのを感じとってか、クリスティーナが声をかけてきた。

「わたしを嫌わないでいてくれて、本当にありがとうございます」

突然のお礼に戸惑っていると、彼女は俺の背中へ向けて言葉を続けた。

「わたしから目を背けないでいてくれて、わたしを牢から助けだしてくれて、本当にありがとうございます」

彼女の手が、俺の背中に添えられる。

「誰もわたしを見てくれなくて、誰もわたしを必要としてくれなくて。ようやくみんなの役に立てても、それは王族という立場が便利だっただけで、わたし自身の力ではなくて……」

彼女の額が背中にあてられるのを感じる。

その温かな息が、俺の背中にかかった。

「でも、ヤスアキ様は違いましたわ。わたしをまっすぐに見てくれて、牢に囚われていた……ただのわたしを抱いてくれましたわ」

後ろからギュッと抱きしめられる。

先ほどバランス崩したときよりももっと強く、彼女のおっぱいが押し当てられる。

豊かな膨らみが、俺の背中で潰れているのを感じた。

「だからわたしは、ヤスアキ様がしたいことなら何でも応えたいのですわ」

後ろから抱きしめられれば、当然動きにくい。

さらに、クリスティーナの魅力的なおっぱいに惑わされて、集中力も落ちてしまう。

だが、俺は彼女を振り払うことが出来なかった。

このままでいいと思っていたのだ。

少し前かがみになると、覆いかぶさるようにクリスティーナが体重をかけてくる。

彼女自身の重みで形を変える柔らかな胸の感触のなかに、一部分だけ硬いところがあった。

「ヤスアキ様……んっ」

耳元で、彼女の吐息が漏れる。背中に当たる感触と、少し鼻にかかったようなその吐息が牢での行為を思い出させ、俺の股間をますます反応させた。

その膨らみを目ざとく見つけて、クリスティーナの手が股間のテントへと伸びる。

「ぐっ……」

上から押さえるようにズボンを撫でられると、亀頭の部分が刺激されて、思わず声を上げてしまった。しかし、いちいち反応していては、ちっとも旅が進まない。

俺はなんとか馬車に意識を集中させようとした。すると俺の意思をくみとってか、クリスティーナの手が名残惜しそうにしながらも離れていく。

そのまま体を離し、後ろへ向かう音がした。

これで安心して、旅に集中できる……はずだった。

だが、どうにも落ち着かない。馬車の中で彼女がどんな表情をしているのか気になってしまう。

怒ったり拗ねているくらいならいいが、寂しそうだったら？

もしかしたら、引いてみせる作戦かもしれない。だとしても、気になった時点で負けだ。俺は馬車を止めた。

「ヤスアキ様？」

馬を休ませ、御者台から馬車内へと移動した俺に、クリスティーナが首を傾げる。

彼女はこれといって悲しそうな様子もなく、ただちょっと退屈しているだけのようにも見える。

側に立つ俺を、クリスティーナが見上げている。

彼女の胸元には、先ほど感触を味わった大きな膨らみがある。

露出の高い服のせいで、胸の谷間がくっきりと現れて俺を誘っていた。

「クリスティーナ」

俺は彼女の正面に、腰を突きだした。

クリスティーナの視線が、俺の膨らんだ股間に注がれている。

「胸で、これを鎮めてくれるか？」

「はいっ！」

クリスティーナは嬉しそうに返事をした。

三話　クリスティーナの爆乳パイズリ

俺の視線を魅力的な乳房に受けて、クリスティーナは紅く頬を染める。

「こんな胸ですけど、精一杯頑張りますわっ！」

彼女が胸元の布地を下げると、乳房がぽろりと露出される。

豊かな乳肉が、服の締めつけから解き放たれて存在感たっぷりに揺れた。

その動きに、思わず目が吸い寄せられる。

おっぱいとは、何度見ても何度触れてもいいものだ。永遠に飽きることのない魅惑の双丘だった。

男にとって……少なくとも俺にとって、おっぱいとはそういうものだ。

だが、クリスティーナはあまり自分の胸が好きではないようだった。

今も、俺の視線を受けて、少し申し訳なさそうにしている。

そういえばこの世界では、小さな胸のほうが魅力的だとされていると、言っていた気がする。

「あの……ヤスアキ様」

彼女は不安げに、俺を見上げた。

俺は手を伸ばして、そんな彼女の胸を優しく触る。

大きな胸に指が沈み込み、乳肉がいやらしく指先から溢れた。

「こんな……なんかじゃないさ。魅力的な胸だ」

「はいっ！」

クリスティーナは元気よく頷いて、俺のズボンを脱がしにかかった。

まださほど慣れていない不器用な手つきで、彼女の手が裾にかかる。

すでに限界近くまで隆起した肉棒を、今度はズボンに引っ掛けてしまわないように、クリスティーナは慎重に手を下ろしていった。

ただズボンを下ろすだけなのに、ものすごく真剣な顔で一生懸命なのが、面白くもあり愛しくもある。そんな彼女に応えるように、ピョコンと肉棒が飛び出した。

「わっ……もうこんなに」

彼女の目が露出したペニスに吸い寄せられる。

「これが……わたしの中に……」

クリスティーナはまじまじと、俺の肉棒を見つめ続ける。

初めてじっくりと見る男の器官に驚き、興味津々といった様子だ。

「こんなに大きくて……先っぽって、こんな風に膨らんでるんですね。本当に、こんなのが入るんですの？」

「この前、思いっきり咥え込んでたじゃないか」

俺の言葉に、クリスティーナは行為を思い出したのか顔を真っ赤に染める。

「そ、そうでしたわ……」

それでも竿から目を離さない彼女に、俺は少しいたずら心が芽生える。

腰にぐいっと力を込めて、肉棒を跳ねさせた。

「ひゃっ！　い、今、跳ねましたわ。ぴくって、おちんちんが！」

「焦らされて暴れてるんだ。早くしてくれって」

適当なことを言いながら、肉棒を何度も暴れさせる。

「……そういうものなのですね……」

その様子を観察しながら、クリスティーナが呟く。

そして、再び上目遣いに俺を見上げてから尋ねてきた。

「それで、どうしたらいいのですか？」

「クリスティーナの大きな胸で、これを挟んでしごいてくれ」

彼女の目が、俺の肉棒と自身の胸を往復する。

「胸で、おちんちんを、ですか……？」

「ああ」

俺は力強く頷いた。

彼女は不思議そうにしながらも、自らの胸を両手で持ち上げる。

せり上がってくる豊満な乳房は、左右に開かれてもたわわだった。

「それじゃあ、挟みますわね？」

声をかけながら、覚悟を決めたように彼女のおっぱいが俺の肉棒を飲み込んだ。

たとえこの世界では小さな胸のほうが魅力的だとしても、この行為は、彼女のような大きな胸じゃないと出来ないことだ。

「う、ぐ……」

柔らかなおっぱいに包まれて、思わず声を上げてしまう。

刺激そのものもそうだが、何よりも美少女が胸を使って自ら奉仕しているということに興奮する。

「こう、ですか？」

クリスティーナの手が、自身の乳を広げてから……ぐっと押し潰す。

ぐいぐいと胸を寄せている姿はとてもエロい。

「ん、しょ。よいしょっ……」

彼女は真剣な顔で、俺の肉棒をしごき上げている。

柔らかくて気持ちよくはあるが、刺激自体は少し物足りない。

それでもクリスティーナが一生懸命に胸を使っていることに、俺の興奮が高まっていく。

しかし、これはこれで……生殺しみたいだな。

俺はけっきょく我慢がきかず、多少無理な体勢で彼女の胸を掴んだ。

「もっとこうして、きつくしごき上げるんだ」

「ひゃぅっ！　ヤスアキ様のおちんちん、すっごく熱いですわ」

彼女の柔肉を使って、硬くなった肉棒をしごき上げていく。

ぎゅっと挟み込んだことで、おっぱいがぴったりと肉棒の形に変形する。

「んっ！　んっ！　ヤスアキ様の形が、はっきりわかります。胸の中で、先っぽの太いところが主張してますっ」

俺は自分の手を離し、彼女の愛撫に神経を集中させた。

一度教えてしまえば、クリスティーナはすぐに吸収して自分のものにしてしまうようだ。

こんな美少女なのに、天性のドスケベだ。

「こういうのはどうですか？」

左右の胸をずらしながら擦り上げる。

「ぐっ！」

膣では味わえない変則的な刺激に、思わず声が上がる。

左右の胸が順番に持ち上げられている光景は、見た目もとてもいい。

「ふふっ、ヤスアキ様の感じている顔、とってもセクシーですわ」

楽しそうに言いながら、胸の動きを激しくしていく。

彼女の大きなおっぱいにもみくちゃにされて、俺の肉棒が悦びの悲鳴を上げていた。

「大きなおちんちんが、はみ出してきちゃいましたよ。えいっ」

水面から顔を上げるように飛び出た亀頭部分が、すぐにおっぱいの波に飲み込まれて姿を消してしまう。

「わたし、自分の大きな胸はあまり好きじゃなかったのですが……」

彼女の視線が、俺の顔へと向く。

腰に力を入れている俺は、少しにらむような目を向けてしまうが、その真意が彼女には伝わったようだ。

「でも、ヤスアキ様に喜んでもらえるなら、大きくてよかったと思いますわ」

上目遣いで微笑む彼女は可愛らしいのに、そのおっぱいは暴力的に俺の肉棒に快楽を送り込んでくる。

「あら……出ましたか？」

「いや」

「……じゃあ、これが我慢汁なんですね」

にちゃにちゃと音を立てて、彼女の両乳が俺の肉棒を責め立てる。

その動きが、搾り取るようなものに変化してきた。

「ヤスアキ様のおちんちんから、エッチなお汁がどんどん溢れてきますわ」

上目遣いで報告してくる彼女は、とても楽しそうだ。

「男の人も同じなんですね。たらたらーって」

にちゅ、ぬちゅとぬめりを帯びたおっぱいは、とても淫靡だ。

俺のほうも限界が近づいてくる。

「わっ！　胸の中で、おちんちんがさらに大きくなりましたわっ！」

彼女が大きく胸の谷間を広げ、一瞬だけ肉棒が外気に触れる。

冷たい風を受けた肉棒が、次の瞬間には温かな胸にまた挟み込まれる。

パチン、と乳同士の当たる音とともに、竿全体が強烈に挟まれる。

「ふっ！　んっ！　イキそうなんですか？　くっ！　んっ！」

ぶるんぶるんと胸を揺らしながら、クリスティーナが一気に責める。

「いっぱい出してください。わたしの胸で、気持ちよくなってくださいね」

「ぐっ、もう出るっ」

「あっ、んっ、ふっ！　ふぁあぁぁぁ！　おちんちん、ビクビクしてますわっ！」

最後に思いっきり腰を突き出す。

尿道を勢いよく駆け上がった精液が、噴水のように吹き出した。

大きなおっぱいから顔を覗かせた亀頭が、力強く射精する！

ドビュッ、ドビュッ！　と放たれた白濁液が、クリスティーナの顔とおっぱいに降り注いだ。

「ふぁっ、ヤスアキ様の、熱い子種汁がいっぱいかかってますぅ……」

彼女の顎から、どろりと白い液体が垂れる。胸にかかっていた精液と合流して、谷間へと流れ込んだ。

「ヤスアキ様にマーキングされちゃいました。こんなに濃い匂いで……」

精液塗れでうっとりとする彼女のエロさに、射精直後の肉棒でさえすぐに反応を始めてしまう。

尿道に残っていた精液が床に垂れるのを見つめていたクリスティーナが、顔を上げて俺を見た。

「ヤスアキ様」

両足をもじもじとさせながら、クリスティーナが上目遣いでおねだりをする。

「わたしも、もう我慢できません。気持ちよくなりたいです」

「ああ」

もちろん、俺は頷いた。

こっちもまだまだイけそうだ。

四話　エルフ美少女の騎乗位

俺は挿入より先に、しゃがみこんでクリスティーナに付着した精液を、清潔な布でぬぐってやる。

いろいろ要求を通しておいたおかげで、馬車には生活用品も潤沢に積まれていた。

「んっ……」

目を閉じて顔を拭かれているクリスティーナは、キスをせがんでいるようにも見える。

「…………」

俺は少し迷ってから、そのまま口づけをした。

「んんっ！」

驚いて目を開けたクリスティーナと、至近距離で視線が合う。

大きな瞳を見開いた彼女の反応に満足して、そっと唇を離そうとした。

「んっ！」

しかし、彼女のほうからぐっと頭を掴んできて、再びキス。

さらに、彼女は舌を伸ばしてきた。俺の唇を彼女の舌がなめ回す。

「んちゅ……じゅる、れろ」

開いた俺の口内に、美少女エルフのエロい舌が侵入してきて、なめ回す。

そういうつもりなら、俺も受け入れよう。

「んんぅ！　ふっ、ん！　ちゅる、ふぅん！」

割り入ってきた彼女の舌を、犯すようになめ回す。

舌の腹に当たる部分をつーっと舐め上げたことで、驚きで引っ込みそうになるのを追いかける。

そのまま彼女の口内に侵入し、頬の内側をねっとり愛撫した。

「ぷはっ！　い、いきなり何をするんですか……？」

責めるような言葉ではあるが、その声はすでにとろけ始めている。

「舌を入れてきたのはクリスティーナじゃないか」

「そ、その前のことですわっ」

最初のキスのことか。

「ああ、キスをせがんでいるように見えたから、つい」

「ついって、ひゃうんっ！」

顔は拭き終えたので、大きな胸に垂れた精液をぬぐい始めると、また甘い声を上げた。

拭き取るときも、大きなおっぱいは力に合わせて沈み込む。

「ヤスアキ様……」

「ん？　どうした？」

拭くついでに感触を楽しんでいると、クリスティーナがかすれた声をだした。

「わたし、ほんとうにもう我慢できません！」

「うわっ」

彼女は勢いよく俺を押し倒した。

前屈みの不安定な姿勢だったこともあり、俺はあっさりと床に寝かされてしまう。

「はぁ……はぁ……」

瞳を完全に潤ませて、クリスティーナが俺を見つめている。

荒い息を吐きながら俺に覆い被さった彼女は、とても切なそうだ。

そんなにつらかったなんて。俺は彼女の性欲を甘く見ていたようだ。

「ヤスアキ様ぁ……」

彼女が腰を浮かせる。下着はすでにぐちゃぐちゃに濡れて変色していた。

水分を含んだ布はぴっちりと張り付いて、彼女の女の子を浮かび上がらせている。

愛液を流しながらいやらしく男を求める陰唇が強調されて、全裸よりもエロいかもしれないくらいだ。

「ヤスアキ様のおちんちんとキスで、もうこんなになっちゃいましたぁ……」

俺のほうも、彼女の淫らな姿を見せられてビンビンになっていた。

「おちんちん、くださいっ！」

下着を脱ぐ僅かな時間さえも我慢できないのか、彼女は右手で肉棒を支えながら、左手で下着をずらした。

そしてそのまま、腰を落としていく。

ぐちゅっという水音がして、クリスティーナの膣が肉棒を飲み込んでいった。

「ふぅっ……ん！　おっき……」

狭い膣内を、肉棒が容赦なく押し広げていく。

まだ使い慣れていないアソコは、きつく肉棒を締めつける。

「ん、くっ、んあぁあぁあぁあぁ！」

じれったくなったのか一気に腰を降ろしたクリスティーナが大きな声を上げる。

「やっ、ん！　あっ！　ふっ、イきそっ……」

そしてそのまま、腰を前後にグラインドし始めた。

入れただけでイキかけているのか、後一息の快感を求めるような激しい腰使いだ。

「ふぁ……クリが擦れて、んんっ！」

乱暴に腰を前後に振るクリスティーナ。

俺のほうも、キツい膣内でかき回されて気持ちいい。

さらに、肉棒の片側にだけ彼女の下着が擦れるのもアクセントになっていい感じだ。

何よりも先程まで俺を挟んでいた、クリスティーナの大きなおっぱいが揺れる視界が壮観だった。

バインバインと揺れる乳房を下から眺める。

「あっあっ、イク、イクイっちゃうぅぅぅっ！」

体を大きくのけぞらせて、クリスティーナが絶頂の声を上げた。

ピストンでほぐされた接合部がよく見える。俺の肉棒が、彼女のはしたないマンコを貫いている。

「あっ……ふぅ……」

情けないイキ顔をさらして、俺の上で放心しているクリスティーナ。

そんな姿を見せつけられて、おとなしくしていられる俺ではなかった。

彼女の腰を掴んで、今度はこっちから突き上げ始める。

「あひぃっ！　ま、まだイったばかりれすぅ……」

「そんなエロい姿で自分だけイっておいて、終わるはずがないだろう？」

抗議を無視して、俺は先程の彼女に負けないぐらい激しく腰を動かした。

「あっ、らめっ！　そんなにされたらぁっ！　壊れちゃいますぅっ！」

「さっきはさんざん激しくしていたくせに、何を言ってるんだ？」

「ちがっ、違うからっ……！　自分で動くのとじぇんじぇん、んんっ！」

俺の胸に手をついて体を支えているから、彼女の胸がぎゅっと寄せられてその豊満さが強調されている。下から見る谷間というのも最高だ。

だいたい、ダメだと言いながら、彼女自身も再び腰を振っているのだ。

俺の上下運動に対して、前後に腰を振っている。

互いの快感を高める協力プレイだ！

クリスティーナは蜜をだらだらと流しながら、肉棒を締め上げる。

膣壁の蠕動と前後運動で快楽をむさぼる淫乱マンコを、思いっきり突き上げる！

「んほぉおおぉおぉおっ！」

野太い声を上げて、クリスティーナが身悶えた。

美少女エルフのものとは思えないような低い声。そのギャップに、俺は興奮する。

もっと、この声を上げさせてやる！

「やぁっ！　らめ、らめれすっ！　変な声、でちゃいますぅっ！」

「思いっきり啼けっ！」

彼女の膣内を突き上げて、捏ねるようにかき混ぜる。

接合部がぐじゅぐじゅと泡立つほどに激しく責めた。

じゅぶ、じゅぼ、という水音とともに、パンパンと肉を打つ音が響く。

「おほぉ！　ぐぬぅっ！　ら、めっ！　おぉう！」

激しい行為で流れる汗に混じって、クリスティーナの口からはよだれが垂れ始める。

本来なら、手を触れることさえためらうような絶世の美少女が、こんなにはしたない姿を俺にさらしている。

俺の肉棒に突かれて、獣のような声を上げて……。

「おかしぐ、なっぢゃいますぅぅっ！　んおおぉぉ！」

美少女のよがり狂う姿が、こんなにもクるものだなんて！

「クリスティーナ、最高だ！」

「わら、わらひもっ、最高れすっ！」

体の力すべてを使って、彼女を責め立てる。

ズチュ、ジュチャ、ニチャジュグズチャ！

「んあぁぁぁぁ！　子宮をゴンゴン突かれてりゅぅぅっ！」

俺自身も狂ったように快楽を求める。

元の世界では、さえない暮らしを送っていた俺だ。

それがこんな美少女と、激しく乱れるセックスが出来るなんて。

「あふぅっ！　やっ、んおっ！　ヤスアキ様ぁっ！」

この世界は最高だ。

彼女の膣壁は、強く俺を求めて蠕動する。ヒダが絡みついて、精液を搾り取ろうと蠢く。

もう、いつ爆発してもおかしくない。それでも、一秒でも長くこの快感を味わっていたい。

「んおっ、あんっ！　奥、うぅぅぅ！　めっ、も、イグゥウウウウッ！」

絶頂で激しく収縮する膣内。

圧力を最大まで高めながら、それでも彼女の腰は止まらない。

カリ首の後ろ側をヒダにぎゅっと引っ掻かれて、俺も限界をむかえた。

ビュクッ、ビュルルルルルルッ！

肉棒全体が爆発したかのような勢いで、彼女の膣内にめいっぱい精液をはき出した。

気持ちよさに気を失いそうになる。

「ふぁっ、今出されたりゃぁ！　ヤスアキ様の精液にイカされちゃいますぅぅぅっ！」

「な、ちょっと待っ……」

俺の制止も聞かず、クリスティーナが射精を受けて連続でイった。

射精直後の肉棒はさらに思いっきり搾り取られて、混乱で軽く暴発した。

残り汁までがきっちりと、彼女の膣に飲み込まれてしまう。

「あ……ぅ」

力を使い果たした俺の上に、クリスティーナが倒れ込んできた。

少し、調子に乗りすぎたかもしれない。

疲労感に包まれながら、俺はこの後のことをぼんやりと考えていた。

五話　クリスティーナのご奉仕お掃除

「ヤスアキ様、ひどいですわっ！」

すぐに目を覚ましたクリスティーナは、乱れきった半脱ぎのままそう叫んだ。

「あんな……あんな声をあげさせられて、わたしはっ……」

クリスティーナは恥ずかしそうに、両手で顔を覆った。一応、エルフのお姫様だったっけ。

「それだけ感じてたってことだろ、いいじゃないか。それに、なんでもしてくれるんだろ？」

「よくありませんわっ！　それとこれとは、うぅ……」

惜しげもなくエッチな姿を見せてくれたし、そもそも出会いの最初からドスケベだとばらされているのに、何かが違うらしい。そういえば、スケベだけど処女だったしな。

この世界の乙女心というのは、よくわからない。

ところで、彼女が乱れた服そのままであるように、俺も下半身が丸出しだ。

この格好だと、全然反省しているように見えないのはなぜだろうな。

「わたしは……もっと可愛いところを……」

なにやらぶつぶつ言っている姿そのものが可愛くて、俺の中でいたずら心が首をもたげた。

「わかったよ」

「はい？」

彼女は俺の言葉に、意外そうに顔を向けた。

俺は真面目な顔を作って、話を続ける。

「じゃあもうセックスはしない。ここからは、まっすぐに目的地だけを目指そう」

「え？　え？　それはどういうことですの？」

慌てたような彼女の反応に、俺は面白くなってくる。

「エッチなことはもうなしだ。クリスティーナの嫌がることはしないよ。それに、ほら……」

俺は自分の股間に目を落とす。

そこには、体液塗れのペニスが小さくしなだれていた。

休憩状態のペニスは、反省してしょげかえっているようにも見える。

「ここも、こんなになっちゃってるし」

もちろん、先程さんざん射精したから小さくなっているだけだ。

だが、逆に勃起した状態しか見たことのないクリスティーナは、とても驚いたようだ。

知らないというわけではないのだろうが、混乱で知識と結びついていないのだろう。

「ほ、本当ですっ！　ヤスアキ様の大きなおちんちんが、小さくてふにゃふにゃに」

「む」

本来ならすぐにでもおしおきをしないといけない発言が飛び出たが、まあいい。

「ど、どうすればいいのですか!?」

触っていいかを迷っているのか、中途半端に俺の股間へ手を伸ばしつつ彼女が尋ねた。

「もうセックスはしないんだろ？　このままでも大丈夫じゃないか」

すげなく俺が言うと、彼女は慌てたように前のめりになって叫んだ。

「します！　ヤスアキ様とエッチなこと、いっぱいしたいですわっ！　あ、あれは激しさと恥ずかしさについてで……」

ごにょごにょと言葉を濁して、クリスティーナが俺に飛びつく。

「どうすればヤスアキ様のおちんちんは、また元気になりますか!?」

俺は半ば笑いをこらえながら、彼女に答える。

「クリスティーナがエッチ大好きだってことを示せば、元気になるかもしれない……」

「が、がんばりますわっ！」

彼女はぐっと両拳を握りしめて、宣言した。

「それで、どうしたらいいんですの？」

「そうだな……クリスティーナが、口を使ってお掃除してくれたら、こいつも喜ぶかもしれない」

「お掃除フェラですね！　わかりましたわ！」

元気に叫ぶと、俺の股間にしゃがみこんだ。そういう言葉は知ってるんだな。

「わ、わたしはエッチなことが大好きです……はむっ」

「おうっ」

律儀に宣言したクリスティーナに思わず吹き出しかけたが、温かな口内に肉棒を含まれて、それどころではなくなってしまう。

「もごもご……れろ、ちゅ」

力のない竿全体が粘膜に含まれ、口の中で飴のように転がされる。

舌先が、射精後でまだ感覚の鈍い幹の部分をなぞった。

「ふぁ、ふほぉひほほひぃく……」

「う、そのまま喋るな」

「ふぁい……れろ、ふにふに」

クリスティーナの口が愛撫を続ける。

彼女の小さな口の中で、回復し始めた俺の肉棒が膨らみ始めた。

そうなると彼女は一層の気合いを入れてきて、頬の内側と舌を上手に使った愛撫で竿を刺激する。

「ふふっ、だいぶ元気になったようですわね」

きゅぽん、と口から肉棒を出して、クリスティーナが笑った。

そして半勃ちの竿を支えながら、今度は根元のほうまで横向きに舐めていく。

「血管を刺激すれば、もっと大きくなるのでしょうか？」

ペニスの太い血管部分を、彼女の舌先がなぞっていく。俺の股間に跪いて肉棒を愛撫しているクリスティーナの視覚的なエロさが、その血管に血液を送り込んでいく。

「はむっ、つーっ」

幹の部分を咥え込まれ、ハーモニカフェラで丁寧に舐められていると、肉棒はどんどん固さを増して膨らんでいく。

「わっ、ヤスアキ様のおちんちん、完全復活しました」

「そうだな」

彼女のフェラで、俺の肉棒はバキバキに勃起していた。

テラテラと光る濡れ具合は、美少女の唾液だけによるものだ。

きっちりと全体をなめ回された結果だった。

「ふふっ、いいこいいこ」

「ぐっ……」

亀頭を掌で撫でられて、声が出てしまう。同時にびくんと跳ねて、彼女の掌にもっと撫でてくれとせがんでいるかのようだった。

「おちんちんも、喜んでくれたみたいですわっ」

彼女が亀頭から離した掌から、我慢汁がつーっと糸を引いた。

それをじっと眺めたクリスティーナは、楽しそうにちろっと舐めとった。

俺の我慢汁を舐めてくれる横顔が、こんなにエロいものだとは思わなかった。

さほど意外な行為ではないが、美少女が俺の体液を美味しそうに……なんて考えると途端に……。

「ふうん、ちょっとしょっぱいです。ヤスアキ様……どうしました？」

「その仕草、すっごくスケベだったぞ」

「え？　そ、そうですか？」

驚いた彼女が、俺の股間に視線を落とす。そしてまた、嬉しそうに報告してきた。

「あはっ、本当に喜んでいただけたみたいですね。おちんちん、ぴくぴくってしてます」

そして右手でまた竿を掴んだかと思うと、ゆっくりと口を開ける。

「元気になってくれたお礼に、最後まで気持ちよくしてあげますわ……ぱくっ」

彼女が口いっぱいに勃起竿をほおばった。

鼻の下をのばしたフェラ顔だ。絶世の美少女なのに、こんなはしたない顔をするなんて。

「ほご、れろ、じゅるるっ！」

しかも、こんなに楽しそうに。彼女は愛おしそうに肉棒を舐めている。

「んぐっ、ぺろぺろ……」

右手で竿をしごきながら、鈴口の部分をちろちろと舐めとっていく。

「舐めても舐めてもおつゆが溢れてきますわ。これからもいっぱい楽しめそうですっ」

嬉しそうに報告する最中も、彼女の責めは止まらない。

カリ首の裏側を責め立てて、裏筋の部分を舌先がなぞり上げる。

「先っぽが膨らんできましたわ。そろそろですわね」

根元をしごく右手の動きが速くなり、彼女の口はより深く肉棒を咥え込む。

「れろ、ちゅぱっ！　じゅる、んくっ」

舐める動きに吸い込む動作が加わって、一気に射精感を高めてくる。

「もう、出そうだ」

「そのまま……お口に出してください」

首を前後に振りながら、ストローのように肉棒を激しく吸い上げる。

「じゅる、る、ぢゅるるるるるるっ」

誘うような吸い込みに合わせて、遠慮なく射精した。

「んんっ！　んぐっ、ぐっ」

クリスティーナの喉が鳴る。俺の精液を飲んでいるのだ。

「その辺の布に吐き出してくれ」

口から肉棒を抜いた俺に、しかし彼女は首を振った。

その口がもきゅもきゅと動く。俺の精液を咀嚼（そしゃく）しているのだ。

口元からは、少しだけ溢れた精液が垂れる。エロ過ぎるその光景に、俺の心臓が跳ねた。

「……ごっくん。ごちそうさま、ですわ」

無邪気な微笑みでの精飲というギャップ。賢者タイムでなければ、このまま襲っているところだ。

そんな彼女の視線が、またしても俺の股間に向く。

射精による精液が口内に溢れた直後に引き抜いたので、まだ少し精液がついてしまっている。

「せっかくお掃除したのに、また汚れちゃいましたね」

「そうだな」

射精直後の疲労で、俺は曖昧な答えを返し、そのまま馬車の床に横になる。出発は少し休んでからにしよう。そんな俺の股間付近で、クリスティーナが動く気配がした。

「それじゃ、もう一回お掃除を……はむっ」

「ちょ、ちょっと待て……」

たまらず止めようとする俺に、クリスティーナは肉棒を離し、安心させるかのように微笑んだ。

俺の顔と肉棒に視線を行き来させて……しかし、またもこう宣言する。

「わたしはエッチなことが大好きです……ぱくっ」

「おぅ……」

教訓――。調子に乗りすぎるのは、やっぱりよくないみたいだ。

六話　いざ、混浴温泉へ

だいぶスピードを出したので、通常の走行以上にガタガタと揺らされ、負担をかけ続けた馬車だったが、無事に混浴温泉へと到着した。王様はどうやら、丈夫なものを用意してくれたようだ。

まあ、帰ってこられても困るんだろうしな。

おそらくは専用のスペースだろう場所に馬車を停める。曲がったりはともかく、止めるのはだいぶ上手くなったと思う。

混浴温泉の入り口は、日本の普通の温泉旅館みたいな感じだった。

馬車から降りてると、クリスティーナに呼びかける。

「さあ、着いたぞ」

俺に続いて馬車からは降りたクリスティーナだったが、温泉へと向かう気配はない。

馬車の側で、じっと立っている。

「どうした？　行かないのか？」

俺の言葉に、彼女は頷いた。クリスティーナは少し困ったような表情をしている。

「はい。わたしは結構です。馬車の整備をしていますので」

クリスティーナは、微笑みを浮かべて俺を促す。

「どうぞ、ゆっくりしてきて下さい」

「……ああ、わかった」

クリスティーナが勧めてくれた温泉だというのに。

気にかかる点はあるものの、彼女の思いやりに感謝しつつ、俺は温泉へと向かう。

なにせ、美女しかいない混浴温泉だ。期待も高まるってものだろう。

目的地である街へ行けば美女だらけなんだと聞いてはいても、俺はまだこっちの世界に来たばかりだ。実際に、美女に囲まれるって経験をしたわけじゃない。

噂の街まではまだまだ距離もあるし、せっかくの逆転異世界を思う存分楽しもうじゃないか。

別に、寄り道をしたからって、美女だらけの街が逃げるわけじゃないしな。

と、期待をふくらませながら、俺は一直線に温泉へと向かう。

この混浴温泉は、脱衣所までが男女一緒という徹底ぶりだった。

俺はさっそくの遭遇を期待しながら、脱衣所に入る。

だが、結構な広さをもつ脱衣所には、ぱっと見、誰もいなかった。

なんだと……？

入った瞬間美女と遭遇！　という展開を期待していた俺は、やや肩透かしを食らったような気分で服を脱ぎ始める。

いや、たまたま、タイミングが合わなかっただけだろう。

すでに美女が湯に入っているかもしれないし、俺の直後に来るかもしれない。

そう考えながらも、もしかして、とも思う。

俺は、この世界の日付や習慣にうとい。

もしかしたら、今日この時間は、あまり温泉に来るようなタイミングではなかったのでは……？

期待を裏切られて少しがっかりしながら、俺は服を脱ぎ終えた。

「うわっ、すごい湯気だな」

あたり一面が真っ白だ。

視界が悪い中を慎重に進み、とりあえず軽く体を洗った俺は湯船へと向かう。

チラチラと入口を気にしてみたが、美女が入ってくる気配はやはりなかった。

残念に思いながらも、せっかくだしと、お湯に浸かる。

「あー、気持ちいい」

広い湯船で手足を伸ばすのは、ほんとうにいい気分だ。馬車の振動で凝った体がほぐれていく。

クリスティーナも来ればよかったのに、と考えてから、もしかしたらエルフである彼女には、他人と風呂に入る文化がないのかもしれないと思った。

こちらの世界に来てから、ほとんどクリスティーナとしか一緒にいないから忘れがちだが、彼女はエルフなのだ。

容姿差別の激しい人間だらけの場所には、あまり来たくないのだろう。

「それにしても……」

ひとりであることを寂しく感じつつ、いったん湯から上がる。

せっかくここまで来たんだ。のぼせないよう休憩を挟みつつ、もう少し粘ってみよう。

素っ裸で洗い場に立ち、湯気に包まれた入口のほうをじっと見つめてみる。

「ねえねえ、おにーさん」

「うわお！」

すると急に後ろから声をかけられて、思わず飛び上がってしまった。

ちょっと後ずさりながら振り返ると、そこには髪をアップにした——美女がいた。

「わわっ、驚かせてごめんね」

謝りながらも、どこか楽しそうに彼女は言う。

体を揺らして笑った拍子に大きな胸も揺れて、俺の視線は思わず吸い寄せられる。

そのまま視線を下に下ろせば、視界には細くくびれたウエストにすらりと長い足。

眩しい裸体を惜しげもなくさらし、生まれたままの姿で彼女は立っていた。

「男の人がここに来るなんて珍しいね」

ようやく出会えた全裸の美女に、俺は感動していた。

しかも向こうから声をかけてくるなんて。

彼女の目が俺の全身を眺め回しているので、俺のほうも遠慮なく女体を観察した。

こんな素敵な美女の裸を前にすれば当然、俺の股間は反応し始める。

こちらも全裸だから、その変化はまるわかりだ。

だが、俺はあえて堂々とし続けることにした。

「わ、わっ、お、おにーさん!?」

彼女の視線は、すでに完全に凶器と化した俺の肉棒へ注がれている。

「うわっ、これ……大きい……こんなのって」

屈みこむようにして露骨に肉棒を見つめている彼女の谷間を、俺もじっくりと見て楽しむ。

「これって、もしかして私を見て……？」

「ああ、そうだ」

おそるおそる問いかけた彼女に、俺は力強く肯定する。

そこには当然、責任をとって鎮めてくれよ、という宣言が含まれている。

「本当に!?　私でこんな……うわー、すっごいそそり勃って……ごくっ」

つばを飲んだ彼女が、続けて俺に問いかける。

「黒目黒髪だし……おにーさんって、もしかして異世界人？」

「ああ、そうらしい」

頷いた俺を見て、彼女の顔がぱっと華やぐ。どうやら、異世界人であることは、それほど驚かれないようだ。城でもそうだったしな。

全裸の美女は、後方へ向かってこう叫んだ。

「みんな、出てきて大丈夫だよ！　おにーさん異世界人だって！　それに、私を見てすっごい勃起してるよ！」

「な……」

こちらでは女性のほうが性にオープンだ、という話は一応聞いていたが、あまりにストレートな物言いに驚く。クリスティーナだけでなく、みんながドスケベ……なんてことあるのだろうか。

だが、それよりも彼女が仲間に声をかけた、という事実に俺の意識は向かう。

最低でも一人、いや『みんな』と言っているのだから複数人、美女がいるということだ！

俺のその期待に応えるように、湯気の奥からさらに三人の美女が現れた。

「ほ、本当に大丈夫？」

「わっ、黒目黒髪だ」

「それよりほら、あれ！」

「「「すっごい巨根!!」」」

三人の声がいっせいに重なる。しかも股間に指まで差して。

襲われるのでは……そんな、あまりの勢いに思わずたじろぎかけたが、俺がそのまま仁王立ちを続けてみると、美女たちは俺を取り囲むように広がってから近づいてきた。

天を仰ぐ肉棒に、美女たちの遠慮のない視線が集中する。

「ねえねえ、おにーさん、異世界人ってことはさ……」

「私たちの見た目に、あまり引かないんだよね？」

「むしろ、凄く魅力的だと思ってくれている？」

俺が正直にそうだと答えると、彼女たちの顔がますます嬉しそうにほころんだ。

「ほ、本当に……？」

喜びつつも信じられない、というように美女のひとりが訊いてくる。

俺は彼女へしっかりと目を向けて、その体を眺め回してやった。

全体的にスレンダーな彼女は、俺のエロい視線に若干身じろぎする。

しかし、素直に反応する俺の股間に目を落とし、小さく声を上げた。

「わ……ガチガチだ……私なんかで……」

「すごいよこれ。こんなに大きいなんて」

「異世界人って、やっぱりすごいんだね」

「……ごくっ」

俺からすれば魅力的な美女四人に囲まれているのだ。勃起しないほうがおかしい。

しかも彼女たちは隆起した肉棒を見ても、逃げるどころか近寄ってくるのだ。

これこそ、俺がこの場所に求めていたもの！

混浴温泉に来たかいがあったぞ！

「ね、おにーさん、それじゃあさ」

最初に声をかけてくれた美女が、チラチラと俺の肉棒を見て頬を染めながら提案する。

「エッチなこと、しない？」

「ああ、いいぞ」

断る理由など微塵もない。俺は股間を誇示しつつ、堂々と頷いた。

その途端、四人の美女たちが口々に喜びの声を上げる。

「本当？　やったっ！」

「今日、来てよかったね」

「ああ……私、ついにしてもらえるんだね……」

逃がさないとでいうように俺の手を引く四人に誘導されるまま、乱交セックスへと雪崩れ込むのだった。

七話　美女四人に弄ばれる

　美女四人が望むままに、俺は洗い場の中央に連れてこられた。床も平坦で、プレイしやすそうではある。

「おにーさん、本当にたくましいね」

　そう言う彼女の視線は、もちろん俺の肉棒に向いている。

　四人分の裸に囲まれて、どうしようもなくガチガチになった肉棒だ。

「ほらほら、こっちこっち」

　俺の腕を引っ張る美女たちの胸が、ぎゅっと押しつけられる。柔らかくも弾力のある胸の感触が、俺に幸せを伝えてくた。癒やしの湯とは、こうでなくてはいけない。

「んー、私も、ぎゅーっ」

　反対側から別の美女が抱きついてくる。当然、また胸が押しつけられる。

　クリスティーナによって、サイズへの感覚が麻痺し始めた俺にとってはやや小ぶりだが、普通に考えれば十分に大きいといえるだろう。

　その胸が、くにゅくにゅと俺の二の腕で形を変えている。

「おにーさん、逃げないんだもんね。好きっ」

　こんどはぺたぺたと胸板を触られる。

「うん、男の人の体って感じがする。すりすり」

とくに鍛えているわけではないが、おそらく男に慣れていないだろう彼女たちは楽しそうだ。

「背中も広いねー」

後ろから抱きつかれる。そうすると必然的に、豊かな胸は背中に押しつけられた。

「腕もすりすり」

「足もぺたぺた」

「んー、幸せっ」

幸せなのは俺のほうだ。

美女四人に抱きつかれて、全方向が女性の体の柔らかさに包まれている。

元の世界ではとても考えられないことだ。

これこそ、俺の追い求めていた美女ハーレム！　だけれども。

……いや、違う、まだまだ。

確かに、この状態も素敵だ。すでに理想郷だと言ってもいい。

しかし、逆転異世界に来たからには、もっと野望は大きく。

王様にさえ不可能なほどの人数が集う、最高の美女ハーレムを作ってみせる！

「正面から、ぎゅー」

美女のひとりが、真正面から俺を抱きしめる。

「わわっ、おっきなおちんぽが私のお腹にあたってる。熱くて、硬いね……すりすり」

「あっ、ずるい！　わたしも触りたい！」

後ろからも手を伸ばされ、肉棒を掴まれる。

「本当だ。すっごい熱いよ……それに」

指先が肉棒をつまんだかと思うと、優しく押される。女性の細い指が肉棒の硬さに跳ね返された。

「ガチガチに硬い。おちんぽって、こんなになるんだ」

「あー！　ふたりともずるいよ。私もー」

「こ、こら。最初に声かけたのは私でしょ？」

「えー、そういうこと言うの？　えいっ」

「ひゃうっ！　ちょ、ちょっと」

「すりすり。おにーさん、気持ちいい？」

美女四人に、もみくちゃにされる。

密着する柔らかさに包まれて、体すべてが溶けてしまいそうだ。

風呂場だからだろう。四人の体からも石鹸の匂いが立ち登っていたのだが、そこに発情したフェロモン臭が混ざり始める。

「ほらほらおにーさん、横になって？」

「もっと、いーっぱい触りたいの」

「おにーさんの体、楽しませてね？」

彼女たちに誘導されるまま、俺は床に寝そべる。

浴場の床はきちんと整えられているようで、石っぽい見た目のわりにはゴツゴツとはしていない。

さらに言えば、俺の頭は柔らかな腿(もも)に乗っかっていた。

美女のひとりが、膝枕をしてくれたのだ。

頭の下にある太股の感触も魅力的だし、全裸での膝枕だから胸を真下から見上げる形になる。

全裸膝枕、最高だな！

さらに他の三人も、それぞれ俺の腕にまたがったり、股間に顔を寄せたりとひっついてくる。

真っ白な湯気で覆われていた視界は、もはや一面肌色だった。

「それじゃ、いきますよー」

「おにーさん、いっぱい気持ちよくなってね？」

「感じてる顔、たくさん見せてね？」

「いくよー、えーい」

宣言して、美女四人が動き出す。

まず、肉棒がふたりの手で握られた。

両足にひとりずつ跨って、俺の肉棒をしごき始める。

「うわっ」

そしてもうひとりは、俺の乳首を舐め始めた。

「れろれろ、ちゅっ」

舌先で、男にとっては飾りでしかなかった小さな乳首を転がされる。

「ちゅうぅぅっ」

開発などされていない男の乳首だ。それ自体にそこまでの気持ちよさはない。

だが美女に囲まれていることと少し異質な刺激であることで、興奮を高めるのにはいいみたいだ。

肉棒のほうが同時に刺激されているのも、よかったのかもしれない。

「それじゃ私は、えーいっ」

膝枕の上から、おっぱいが降ってきた。

大きな胸が俺に覆いかぶさる。

柔らかな感触に顔を覆われて、思わず舌を伸ばした。

「あんっ！　もっと舐めて」

彼女の乳房に舌を這わせる。下乳のあたりを舐めまわし、谷間のほうへ伸ばしていく。

「こっちも忘れないでほしいなー」

竿にもすかさず、快感が走る。

亀頭部分を擦り上げられて、思わず腰が跳ねた。

「わっ、おにーさんビクってした。おちんぽ突き出すなんてエッチだよぅ……」

股間のほうから、とろんとした声が聞こえた。

「はむっ、れろ」

今度は、耳が舐められる。矢継ぎ早の攻撃だ。

耳たぶを湿った舌が愛撫してくるのと同時に、耳元から囁き声を流し込まれる。

「おにーさん、耳舐め、気持ちいいですか？」

少しかすれたような囁き声が、俺の脳を溶かしていく。

「女の子四人に囲まれて、体中撫で回されて。いーっぱい気持ちよくなっていいんですよ？　おっきなおちんぽから、びゅーびゅーって、白いのたくさん出してくださいね？　れろ」

「うぁ……」

舌が、耳の中にまで侵入してくる。

その間にも肉棒は愛撫され続けて、快感が高まってきた。

さらには美女たちが、俺の足や腕に股間をこすりつけ始めていた。

「んっ、ふっ……。ね、おにーさんわかる？　私のお股が、おにーさんの硬いとこにあたって……ひぅんっ！」

突然膝枕が崩され、左右の腕に跨った美女たちが、両耳にそれぞれ囁き声を浴びせてくる。

「ほーら、両方からの耳責めはどうですか？」

「れろ、ちゅ……れろれろ」

「耳を舐められると、すぐ近くでよだれの音がするから、とってもエッチなんですよ？　ほら。じゅる、れろ。ぴちゃ、れろ」

「じゅるっ……それに囁くときも息がかかって、ぞわってするでしょ？　ふーっ」

「そのぞわって感じが、だんだん気持ちよくなってくるんですよ？　ふーっ、ふーっ」

「れろ、ちゅ……耳の奥まで舌で犯されてるの、気持ちいい？　ゾクゾクしない？」

「ほらほら、おにーさんのおちんぽ、先っぽがぷくーって膨れてきましたよ？」

「おちんぽしごかれたから気持ちいいだけなの？　それとも、お耳を犯されて感じちゃっ……ひゃうっ！」

俺は腕を動かして、両脇の美女たちを刺激する。

「あっ、やんっ、それだめっ！　お豆のとこに硬いとこがグリグリあたって、ああぁっ！」

確かに気持ちよかったが、やはり自分が責めるほうが俺は好みだ。

どうせ耳で楽しむなら、淫語より喘ぎ声のほうがいい。

「あっあっ、そんなっ、イカされちゃっ……！　もっと、もっとぉ！」

「どうした？　この擦られ方だと気持ちいいのが足りないだろう？　もっと腰を後ろに下げれば、俺の指まで届くぞ？」

そう声をかけてやると、ふたりともがズリズリとお尻を動かしていく。

耳元から離れた顔を見ると、すっかりトロけた様子を晒していた。

目には涙を浮かべ、よだれまで垂らしている。

そう——この表情だ。

やはり美女は、はしたなく感じた顔こそが美しい。俺はそう思う。

そして肉棒を擦られて射精感が高まってくるにつれて、征服欲も上がってきたみたいだ。

「ほら、好きにイけ！」

美女の膣に指を突っ込んで、内側をひっかくように刺激する。まだ狭い膣内も、指だけならスムーズに入っていく。

膣壁が蠢いて、指だけだというのに精一杯に締めつけながら、美女が嬌声を上げた。

「あああっ、ダメっ、イク、ああっ、イクゥウウゥ！」

体をのけぞらせるようにして、俺の指で果てた。

俺のなかに満足感が広がっていく。だが、それがよくなかったようだ。

「はぁ、はぁっ！　おにーさん、イキそうなの？」

「おちんぽ、すっごい膨らんでるよ」

「ほら、亀さんがこんなに張ってる」

肉棒を掴んでいた美女ふたりが、勢い良くしごき続けている。

一方では美女をイかせて満足していた俺が、そのままふたりに導かれるように射精してしまった
「うわっ！　すっごい勢いだ」

「噴水みたいっ！　それにほら」

「濃くてドロドロしてる……」

天高く放たれた精液を浴びて、美女たちも楽しそうにしている。

だが、まだ俺の肉棒はまったく収まらない。

それに彼女たちも、まだまだこちらに期待の目を向けていた。

八話　混浴温泉で美女四人と立ちバック1

寝そべったままの俺を、美女四人が熱く見つめている。

そのまま俺に襲いかかろうとしていた四人が、意外そうに首を傾げる。

どうやら、俺の肉棒に驚いているようだ。

「あれ、どうして小さくならないの？」

「さっき射精したから、もう出せないはずでしょ？」

「って言いながらも、これから彼を襲う気満々だったくせに」

「そっちも同じでしょー？」

「つんつん……。まだまだ元気みたいね」

ひとりが指先で肉棒をつついた。

射精直後で敏感になっていたので、それだけでも少し気持ちがいい。

だが、次こそは俺が責める番だ。

「どういうことなんだろ？　男の人は、すぐはできないんじゃ……」

「まあまあ、いいじゃん。もっと楽しめるってことだし」

「おちんぽ大きくて、精液の量が多くて、持続力もあるなんて」

「ごくっ……もう耐え切れないよ。早く中に欲しい」

「あ、こら、抜け駆け禁止っ」

「だから私が最初に……」

「今のうちに、はうっ」

「抜け駆け禁止って言ったでしょー？　ほらほら」

「あんっ！　もう、せっかく男の子いるんだから、ひゃうっ！」

抜け駆けしようとした美女が、後ろから抑えられて胸を揉まれている。

男とは違う細くしなやかな指が、たわわな乳房を襲って揉みしだく。

なるほど。美女ハーレムでは、美女同士の絡みを見ることも出来るのか。

俺が手を出せないようでは困るが、目の前でレズプレイが繰り広げられるのは興奮する。

「わっ、おにーさんどうしたの？」

起き上がった俺に、ひとりが声をかける。

俺は湯船のふちを指差して、四人全員に命令する。

「そこに手をついて、お尻をこちらに突き出せ。全員まとめて気持よくしてやる」

「はいっ！」

真っ先に答えたのは、先ほど最初にイった美女だ。聞き分けがいいのは好感が持てる。

すぐに手をついた彼女に続いて、他の三人も慌ててふちのほうへ向かう。

またたく間に美女四人が並んで、こちらにお尻を突き出している光景が出来上がった。

ずらりと並ぶ四つのお尻。

背の高さも、尻の厚さも違う。

「ひゃんっ」

「あんっ」

両手で二つのお尻に触れてみる。どちらもすべすべで気持ちいいのは同じだが、ハリや大きさの違いがわかる。

少し後ろに下がって、あらためて全体像を眺める。

突き出されているせいで、アナルも陰唇もハッキリと見えている。

ぴったりと閉じながらも愛液をこぼしている秘裂や、すでに待ちきれずに花開いて、じっとりと蜜をたらす秘裂。

状態もそれぞれな四つのお尻が、こちらに差し出されている。

ほんとうに壮観だ。

美女ハーレムを作れば、こういうことがいつでも可能になるのだ。

俺は感動に打ち震えながら、その光景を眺めていた。

「ねー、早くぅ」

最初に手をついた美女が、お尻を振りながら声をかけてくる。

俺は最高の気分で彼女へ歩み寄り、その秘裂をなぞりあげた。

「ああんっ！」

喘ぎながら、俺の手に自ら股を擦りつけてくる。すでに濡れそぼった淫花が、指を飲み込もうと誘いかけてくる。

俺は指先を使い、膨らんだ彼女の肉芽に軽く触れる。

「んぁっ！　あふっ……」

そしてもう片方の手を、すぐ隣の美女へと伸ばす。

「ひゃうっ！」

撫でてやると、彼女も声を上げた。後ろ向きで見えていない状態からだから、そんなふうに驚くのかもしれない。俺は移動しながら、順々に撫で上げていく。

「あんっ」

「きゃうっ」

「ひうっ」

それぞれに違った嬌声を上げる。並べられた四つのお尻は、なんだかハンドベルみたいだった。

俺は楽しくなってきて、四人の秘裂をランダムに撫で回す。もちろん、ちゃんと喘げるように、触れ方には注意しつつだ。

「ひゃんっ！　あっ、んっ！　……ふっ！　…………あんっ！　ひゃうっ！」

「んあっ！　…………ああんっ！　……んうぅっ！」

「……きゃっ！　ふぅんっ！　…………………あっあっ！　…………きゃうっ！」

「…………ああっ！　ふぅっ、くっ！　ん、ああんっ！」

響き渡る嬌声の中に、わずかに混じる水音。俺の手は愛液でふやけ始め、よく滑るようになっていた。

四つのお尻から奏でられる隠微なメロディーに、俺のテンションは上がっていく。

「あんっ、んあぁぁあぁぁっ！」

擦り上げたときに指先が僅かでも膣に沈むと、そのまま指をぎゅっと締めつけられる。

「そろそろ挿れてぇ……もう、こんなに……」

「ああ。もう準備万端みたいだな」

蜜を垂らしながら懇願する彼女の腰を掴む。そしてパクパクと口を開いて待ち構えている膣口に、肉棒をあてがった。

「一気に、一気に来てぇっ！」

溢れ出る愛液を亀頭に擦りつけるようにしながら、美女が懇願した。

俺は彼女の望みどおり、一息(ひといき)に腰を突き出した。

「あぁあぁぁんっ！　おちんぽ来たぁ！　ぶっといのがズブッて入ってきたのぉぉぉ！」

大きく喘ぎ声を上げながら、挿れた瞬間にイったみたいだ。

膣壁がぎゅうぎゅうと収縮して、肉棒を締めつける。さんざん焦らされて、待ちきれなかったみたいだ。

「ずるいー！　ねえ、おにーさん、こっちにも！　こっちにもおちんぽちょうだい！」

ちょうどイったばかりだし、俺は肉棒を引き抜いて、そちらへと向かう。

彼女のほうも、準備はできているようだ。俺は躊躇なく次の膣へ腰を沈み込ませる。

「ひぅうっ！　私の中、おにーさんのおちんぽでいっぱいになっちゃうよ。ねえねえ、動いて。ガンガン突いて欲しい……のぉおぉぉぉ！」

言葉の途中で、希望どおりに激しく腰を動かしてやった。膣内を、俺の肉棒が出たり入ったりしている。溢れる愛液をかき出しながら、乱暴な抽送を繰り返す。

その度に彼女は気持ちよさを感じているみたいだ。

「うぅ、もう我慢できないです。おにーさん、こっちも早く挿れて下さいっ！」

「私もっ！　私もおちんぽ挿れてほしいぃ！」

「ああ、わかった。すぐに、うおっ」

引き抜こうとした瞬間、膣壁がこれまで以上にきつく締まる。感じたことによる蠕動ではなく、お腹に力を入れて締めた感じだ。

「ダメ。まだ私イってないものおぉぉぉ！」

即座に肉棒を深くねじ込み直した。確かに、彼女の言い分もわかる。

だったらちゃんとイカせてからだ！

「あぁぁあっ！　らめっ！　イったらおちんぽ抜かれちゃうのにぃ！」

「余計なことを考えず、気持よくなればいいんだ！」

穴の入口のほうを擦り上げるようにしながら、抽送を繰り返す。

彼女の膣内は快感を求めるように激しく収縮していた。

速度を上げて、細かく奥を突き上げていく。

「あっあっ！　ん、あっ！　もう、あぁぁっ、イッちゃうっ！」

背中をのけぞらせて、彼女が絶頂した。そのまま崩れ落ちそうになるのを支えながら、肉棒を引き抜く。

「あぁ……おちんぽぉ……」

名残惜しそうな彼女には悪いが、まだ待ちわびているふたりがいるのだ。

ハーレムっていうのも、けっこう大変だな……。

夢見ているだけではわからなかった苦労を感じながら、俺は次の美女へと向かう。

確かに大変ではあるが、決して嫌ではない。

何人もの美女が俺を求め、体を差し出してくるんだ。

俺は彼女たちに応えるために頑張る。

嬉しい悲鳴というやつだ。

「おにーさん、私にもおちんぽください」

「んっ、ふっ、私、もうっ……」

片方の美女は、我慢しきれずにオナニーを始めてしまっている。

お尻はちゃんと突き出したまま、股の下から手を伸ばして自分の性器を弄っていた。

細い指が膣をかき回すと、蜜がどんどん溢れてくる。

「ん、あぁっ！」

クリトリスをいじって喘ぐ。

俺の視線が自分へ向いたのに気づくと、物欲しそうな膣を指先でくぱぁと押し広げた。

「私のはしたないおまんこに、おにーさんのぶっといおちんぽを下さいっ」

そんな風におねだりされたら、応えないわけにはいかないだろう。

俺は彼女の淫乱マンコめがけて、肉棒を突き入れた。

九話　混浴温泉で美女四人と立ちバック２

「ひぃあぁぁぁぁぁ！」

挿れた瞬間、彼女が激しい声を上げる。

「しゅごいっ……こんなに」

「まだまだ挿れただけじゃないか。ほら、これが欲しかったんだろ？」

俺はきつく腰を掴んで、最奥まで肉棒を突き刺した。

「ひゅぁ、まだ動いちゃ、ひぅっ！」

こっちへ来てから、俺はずいぶんと自由な性格になった気がする。

それが強気となって現れる。

元の世界では美女ハーレムを作ろうなんて思いもしなかったし、こんな風にガンガン腰を突いて喘がせることなんてできなかった。

「んあっ！　ふっ、ひゅぅっ！　あっあっ」

抽送を繰り返す度に、彼女から声が上がる。

それが俺の興奮を高めて、さらに腰を振らせるのだ。

「ぐっ」

しかし、さすがに連続三人目ともなると、俺のほうも耐えきれそうにない。

彼女の膣壁も精液を求めて、ぎゅっぎゅっとリズミカルに肉棒を絞りとる。

「んっ、ふぅ！　しゅごい……このまま、もっとぉ」

美女の片手が、彼女自身の股間へと伸びていく。

そして、接合部の上で膨らんでいたクリトリスをつまみ上げた。

「ひゃぅぅぅ！　中もお豆も気持ちいいのぉぉぉ！」

「うあっ」

陰核の刺激で膣壁が急激に収縮し、肉棒を絡めとる。

予想外の刺激に俺も限界を迎え、精液が肉棒を駆け抜けて発射された。

「ひぃうぅぅぅぅ！　膣内にザーメンいっぱいでたぁっ！」

満足そうに跳ねた美女の体をささえて、ゆっくりと床に降ろす。

そして、最後のひとりに触れる。

「あっ……」

待ち焦がれた彼女の膣が、お尻に触れただけで蜜を溢れさせせた。

「待たせてごめんな」

肉棒をさし込むと、溜まりに溜まった愛液がぐじゅぐじゅとはしたない水音を立てる。

「はふっ……おにーさんすごい。出してもこんなにおちんぽ硬いなんて」

陶然と呟く彼女の膣壁が、細かく蠕動して肉棒に絡みつく。

「はうぅ。　異世界おちんぽ最高だよぅ……」

「せっかくだからもっと味わえ！」

ハイになった俺は、叫びながら荒々しく腰を振り続ける。

その度にヒダが小刻みに蠢いて、肉棒に刺激を与える。

精液を搾り取るのに特化した、淫乱マンコだ！

「あぐっ」

「んあああっ！　膣内でまた大きくなったぁ。私の中、ぐいぐい広げられちゃってるぅ！」

彼女が最後でよかった。

イったばかりでなければ、すぐに搾り取られてしまうところだった。

「もっと、もっとぉ！」

彼女のほうからも腰を振り始める。

前後の抽送に、上下左右の腰使いが合わさる。

「ひぃぐぅ！　あっふっ！　おちんぽ、膨らんできたぁ！」

彼女の腰がさらに動きを激しくし、精液を搾り取ろうと蠕動する。

メスの本能が、刺激と見た目の両方で俺を誘ってくる。

「ぐっ、もう出そうだ」

「来てぇ！　私の中に、異世界ザーメンぶちまけてぇ！」

俺はこらえきれず、腰をぐっと掴むと奥まで貫く。

爆発間近の亀頭が一番奥に当たった瞬間、射精した。

「んはぁぁぁぁ！　中出し最高ぅ！　奥までビュルビュルザーメン来てるぅ！」

膣壁が射精中の肉棒に絡みついて、精液を搾り取る。

敏感な竿の全体を刺激されて、腰に甘い痺れが走る。

「はうっ……」

彼女の膣から肉棒を引き抜いた俺は、数歩後ずさる。

さすがに四人の相手をするのは大変だった。

まだまだ経験値が足りないな。

いずれ美女ハーレムを作るまでに、多人数にも慣れておかないと。

美女四人を堪能した俺は、ぼんやりとクリスティーナのことを思う。

留守番だった彼女も、後で気持ちよくさせよう。むしろ、ついてこなかったおしおきだなんて言って、激しくしてもいいかもしれない。

「おにーさん？」

美女のひとりが起き上がってきて、俺に声をかけた。

いけない、いけない。

俺はクリスティーナのことを、一旦忘れる。ハーレム王たるもの、その瞬間目の前にいる女性を愛さなければ。

クリスティーナといるときはクリスティーナを、彼女たちといるときは彼女たちを。

彼女たちは四人とも起き上がり、再びこちらにお尻を向けながら、振り向いて俺の股間を眺めている。

こちらも並んだお尻と、体液をこぼしているはしたない膣を見ているからおあいこだ。

混ざり合った体液が膣から流れ出している姿は、とてもエロい。それが四人分だ。

「ねえそれって、まだ満足してないの？」

「ああ、そうみたいだな」

美女四人の痴態を見せられて、俺の肉棒は力を取り戻していた。

「ね、それじゃ……」

「連続でおちんぽ抜き差しして？」

四人がそれぞれ、自分の膣口をぬぱぁと広げて俺にアピールした。

汁気の多い四つの発情マンコが俺の目の前で、ピンク色の内側を晒している。

四人もの美女が、向こうから俺の肉棒を求めてくる。

こっち側へ呼ばれて、本当によかった！

「じゃあいくぞ。四人連続高速ピストンだ！」

まず、ひとり目に肉棒を突き刺す。すっかり抵抗のなくなった膣はたやすく肉棒を飲み込む。

「んあああぁぁあ！」

しかし、飲み込んだ後はぎゅっと締めつけて離さない。

その膣内を、俺はかき回す。

「そこっ、突かれるとっ！　んあっ、あっ！」

カリ首が膣壁を擦り上げると快感のためか、目の前のしなった背中が小さく震える。

「行くぞ、次だ！」

「ふぅあぁぁ！」

抜き去った直後、広げられていた隣の膣に飛び込む。

今度は少し抵抗を受けて、一瞬腰が詰まった。

力を入れると、溢れた蜜に誘われた肉棒はちゅるんと飲み込まれた。

「お尻、掴む力が、ふぁああっ！」

彼女の声に合わせて、柔らかな尻肉に指を食い込ませる。

そうすると、期待通りの反応が返ってきた。俺は彼女のお尻を揉みしだく。

ハリのある尻肉が沈み込む度に、膣内が悦びで収縮した。

最後にぎゅっとお尻を揉み込むと、俺は三人目へ。

「ああんっ！　来たぁ！」

彼女は肉棒が入ると足を閉じて、全体で俺を咥え込んだ。

膣以外の筋肉まで使った強い締めつけが、俺の肉棒を襲う。

「おちんぽぉ！　奥まで届いてりゅのぉ！」

肉棒をきつく咥え込んだ膣内の、奥を集中的に責め立てる。

子宮口のあたりを、亀頭がコツコツと叩く。

「あぁあぁぁぁっ！」

背をのけぞらせて、彼女の体から力が抜ける。それでも膣壁だけは肉棒にちゅうちゅうと吸いついてくる。

肉棒の先端から垂れているのが彼女たちの愛液なのか、吹き出した俺の我慢汁なのか、もうわからない。

俺は四人目の美女マンコに肉棒をねじ込んだ。

「ひぃうっ！」

蠕動する彼女の膣内を、それ以上の乱暴さで蹂躙していく。

「はぁぁんっ！　私のヒダヒダが、全部削り取られちゃうぅぅっ！」

そう言いながらも彼女は腰を押しつけて、肉棒を求めてくる。

四人の美女に抜いたり挿したりを繰り返しながら、浴場に嬌声を響かせ続ける。

「ダメぇぇぇぇ！　もう、イクイク、イクゥゥゥゥ！」

「あっあっ、そんな奥まで突かれたら、ふぅあぁぁぁぁっ！」

「んはぁぁぁ！　おかしくなっちゃう、はぁ、んんっ、イックゥゥゥ！」

「おにーさん、私の膣内にもザーメンちょうだいっ！　あっ来そうっ、特濃異世界ザーメンッ！」

彼女に乞われるまま、盛大に精液を吐き出した。

なにがなんだかわからないほど乱れあって、俺たちはようやく体力を使い果たした。

「今日、温泉来て本当によかったね」

「ねー。おにーさん、ありがとね」

美女四人のハーレムプレイを楽しめた上、感謝までされるなんて。

混浴温泉に寄り道してよかった。

十話　リルムナ国へ

国境を越えて、俺たちはリルムナ国に入る。

「この国はなんと、容姿が理由で死刑にならないのですわ！　罰金や懲役ですむんですの！」

「そうか……」

クリスティーナは曇りのない目で俺に告げた。

同じ異世界でも、国によって差別の程度に差があるらしい。

だが、俺にとっての美人がまともな扱いを受けないのは共通みたいだ。

そのおかげで美女ハーレムを作れるわけだが、道中ではなかなか不便だ。クリスティーナは最高の美女であると同時に、ここでは嫌われ者となってしまうからな。

「次の街で買い物をしよう」

「はい。わかりましたわ」

金には余裕があるが、飲食物など日持ちしないものは買い足していかないといけない。

近くの街を目指して、馬車を走らせる。

1時間ほどで、俺たちは街にたどり着いた。

馬車を停めて、御者台から降りる。この動作にもすっかりと慣れた。

クリスティーナは顔を隠すために、フードを深く被っていた。

先の国よりマシとはいえ、大手を振って歩くことは出来ない。それも、逆転美女の街につくまでの辛抱だ。

「それじゃあ行くか」

「はい。おともいたします」

俺たちは並んで、街を歩く。

必要な物が多くてひとりでは厳しいし、何より今度は、彼女がついてきたがったのだ。

「よっと。クリスティーナ、大丈夫か？」

「は、はいっ！　まだまだいけますっ。頑張りますわっ」

彼女にも荷物を持ってもらいながら、買い物を進めていく。

「それにしても、これはなんに使うんですの？」

食料品以外にも、旅で使う様々な雑貨なども購入している。

道中であったほうがいいと思ったものなどを、順次買い足しているのだ。

馬車移動が長いから、クッションがあったほうが楽だ……とか。

旅というものは、実際にやってみるまでわからないこともいろいろある。

「それは、馬車を引く馬に……は使えませんよね？」

クリスティーナが手にしているのは、俺が買った首輪だ。

ペット用ではあるが、実際に手にとって肌触りを確かめ、人間が使っても問題なさそうなものを選んだ。

「まあな。後々、使うことがあるかもしれないしな」

「そうなんですの？」

首を傾げつつも、それ以上追求はしてこない。

クリスティーナの首は細くて白い。

初めて彼女を抱いた、牢でのことを思い出す。

「さ、まだまだ買うものがあるんだ。次に行くぞ」

「はいっ！」

やや強引に話を打ち切って、別の店へと向かう。

長い移動時間には、お楽しみも必要なのだ。

買い物を終えて馬車に戻るのが、今から楽しみだった。


「これで全部、だよな」

「はいっ。買い物リストはこれでラストです」

「よし、じゃあ馬車へ戻るか」

順調に買い物を終えて、お互い両手にたくさん荷物を抱えながら馬車へと向かう。

ちょうど街の人間が買い物に出る時間と重なったのか、人通りが増えて歩きにくくなっていた。

ごちゃごちゃしてきた街を、荷物に気をつけながら歩く。

「あ、ごめんなさ――」

「こちらこ――うわぁっ！」

横から聞こえた声に顔を向けると、クリスティーナが誰かに当たったようだ。

その拍子にフードが外れてしまったらしい。

彼女の美しい顔が、白日の下にさらされる。

「いったいどうしたん――おわっ！」

「ん？　なにかあったのか？　ああっ！」

大声に人が集まってきて、騒ぎが広がっていく。……まずいな。

クリスティーナは規格外に美しい。捕まれば面倒なことになる。

「いくぞ、クリスティーナ」

俺は荷物を無理矢理片手にまとめて彼女にフードをかぶせると、そのまま腕を引いて歩き出す。

「ヤスアキ様、ごめんなさい」

人混みから逃げながら、クリスティーナが悲しそうに謝ってきた。

「いや、クリスティーナが悪いわけじゃない」

ただ、少し厄介なことになったのは事実だ。

大きくなり始めた騒ぎから逃げるように、馬車のほうへ。

すると、ざわめく民衆の人波を割って、誰かがこちらを目指してくる。

「あいつらだ！」

兵士らしきふたりが指(ゆび)さしながら、こちらへ駆けてきていた。

その目はしっかりと、俺たちをとらえている。

このまま撒(ま)くのは難しいだろう。

……俺ひとりなら、捕まってもなんとかなるか？

実際、何か違反をしたわけではない。

だがクリスティーナは、見た目だけで咎められてしまうだろう。

「クリスティーナ、馬車まで走れ！」

「え？　でも、ヤスアキ様？」

「いいから走って、そのまま馬車の中にいろ！」

頷いて走っていくクリスティーナを確認すると、俺は振り返って兵士を迎える。

ふたり組が、立ち止まった俺に戸惑いつつ、そのままこちらに駆けてくる。

俺はクリスティーナのほうへ行かせないよう、道の真ん中に立ち止まって声をかけた。

「さあ、話をきいてやろうか。それで、どこへ連れて行かれればいいんだ？」

「え？　……お、おう、こっちへ来てもらおうか！」

こちらから声をかけたことに兵士は戸惑いつつも、俺の両側を固めて連行していく。

クリスティーナの顔を直接見られるとまずいが、俺ひとりなら何とかなるだろう。

払うのは癪ではあるが、幸い金なら多めにもらっている。サクッと袖の下でも罰金でもいいから払って、この場は解決しよう。

だが、兵士たちは無言で俺を連行していく。

先程の道を逆戻りする形になり、ざわついている民衆がこちらを見ていた。

「あいつが連れていたんだよ」

「目が潰れるかと思ったぜ」

「おおげさだなー」

「いや、お前も見ればそう思うって」

俺を見ながら囁き合っている住民のなかを、兵士たちはかき分けるようにして通り過ぎていく。

「ねえ、あの人、黒目黒髪じゃない？」

「それなのに、そんな酷いのと一緒にいたの？」

「趣味はそれぞれだしねー」

「え、なにそれー」

聞こえてくるのは、ほとんどクリスティーナの容姿を嘲る声だ。鏡を見て出直せよと思う。

エルフのクリスティーナと勝負できそうな女なんて、ひとりもいなかった。

そんな民衆の群がる街中を抜けて、さらに奥へ。

目の前には城が見えてきた。

「おい、待て。どこへ連れて行く気だ？」

兵士は俺の疑問に言葉を返さず、顎で城をしゃくって見せた。

城だと……？

まさかとは思うが、こんな細かな事件まで、いちいち城で裁くことはないだろう。

派出所みたいなところで軽く罰金を払って終わりだと思っていたが、どうやら予想よりも大事らしい。

なおさら、クリスティーナだけでも馬車へ戻せてよかった。

「言われた男を連れてきました！」

「よし！　ご苦労！」

城につくと、俺は鎧の柄が違う兵士に引き渡される。

どうやら街を見回る兵士と、城を守る兵士は管轄が別らしい。だとすれば余計に厄介だ。

「よし、こっちだ。きびきび歩けよ」

引き渡された俺は、さらに歩かされる。

城の兵士は、街の兵士よりもさらに手強く見える。

訓練されている分、融通が利かなそうである。

背筋もきっちり伸びているし、無抵抗で自分から囚われた俺にも警戒を怠っていない。

堅苦しい空気のまま、赤いカーペットの敷かれた城内を進んでいく。

そしていかにも物々しい、大きな扉の前についた。なんか、前もこんなだったな……。

扉の前で立ち止まった兵士が、俺のほうを向く。

「姫様がお前をお呼びだ。くれぐれも失礼のないようにな」

低い声で言われ、俺は覚悟を決めた。……って、姫？　今度はおっさんじゃない？

だったら、ここからが勝負だ。

気に入らないが、多少媚びてでも軽く済ませなければならない。

美女ハーレムを作るためには、こんなところで再び投獄されるわけにはいかないのだ。

「アイリーン様、仰せの男を連れて参りました」

扉が開く。

広い部屋の奥には、アイリーンと呼ばれた姫様がいた。

「へえ。そいつが街中の騒動で、原因を連れていた男なのね」

十二話　仮面のお姫様

広い部屋の奥。

豪奢なドレスで身を飾った少女アイリーンが、こちらを見ていた。

一見すると普通のお姫様然としているが、彼女の顔は仮面に覆われている。

それも、いわゆる仮面舞踏会で使うような気取ったものではなく、本当に顔を隠すためのものだ。

城と豪華なドレスは合っているのに、その仮面だけがこの場で浮いていた。

俺は、隣の兵士に視線で問いかける。あの仮面はいったい……？

兵士は小声で俺に教えてくれる。

「姫様はあまりにお美しいので、ああして顔を隠しておられるのだ」

「なんだと……？」

ぞっとした。この世界で言う美しい、は俺の感覚とは逆だ。つまり、隠さないといけないレベルの〈美貌〉というのは……。

俺は最初の国で見せられた、トロールのような女性を思い出す。あの彼女は良くも悪くも、人様に見せていい、ここでいうところの〈美しい〉レベルだったということだ。

それに対してこのお姫様は、隠すべき美人。俺にしてみたら、とても見られたものではない容姿ということだ。仮面を着けてくれていて、本当によかった。

胸をなで下ろしていると、俺の失礼な思考を読み取ったのか、お姫様が声をかけてくる。

「あんた、街で騒ぎを起こしていたそうね」

「……いや、そんなつもりはなかった」

これは本当だ。好きで騒ぎを起こしたわけじゃない。

何もしていないのに、勝手に奴らが騒いでいただけだ。悪いのは向こうだろう。

それにしても情報が速いな……。もしかして、もっと前からクリスティーナに気付かれてたのか？

「なんでそんなことをしたの？」

お姫様らしい、偉そうな口調で尋ねてくる。

態度の全てがナチュラルに上から目線だ。

「住人が勝手に騒いだだけだ。こちらからは何もしていない」

「ふうん」

ふんぞり返ったまま、彼女は小さく頷いた。

「あんた、隣国からの旅人でしょ？　この国でも醜い容姿は罪なのよ。罰金刑がほとんどだけどね」

そう言ってから、彼女は少し首を傾げる。

「っていうか、あんたが前いた国はもっと酷くなかった？　どんなド田舎の生まれか知らないけど、あんたが連れていたような見た目は、だいたいどこでも、いい扱いなんて受けないわよ」

そりゃどうも、と嫌味の一つでも言ってやりたいが、俺の側には兵士が控えている。

迂闊な態度はとれない。気に入らないが、黙っているしかないだろう。

「そういうルールについて、どう思う？　容姿がすべてってていうのについて」

「…………え？」

何のトラップだ？　ルールに文句を言わせて、もっと罪をかぶせるつもりだろうか？　それとも、美人だという自分を肯定させたいだけか？

俺は言葉を選んで、慎重に答える。

「俺はよそ者だからな。その場では、ちゃんとルールに従う。罰金はもちろんと払うよ」

「ふうん」

俺の言葉を聞いた途端、彼女はすごくつまらなそうな顔をした。いや、顔は見えないから、そんな気がしたというだけだが。仮面のお姫様は少し考えるようにした後、俺に問いかける。

「ねえ、なんのためにあんなの連れてるの？」

「あ？」

クリスティーナをあんなの呼ばわりされて、思わずにらみつける。

お姫様がたじろいだその途端、左右から兵士が動く鎧の音がして、俺は慌てて両手を挙げて敵意のないことをアピールした。

クソッ。厄介だな。気を取り直したお姫様が、おそるおそるという感じでまた問いかける。

そんなに怯えなくても、俺がすぐ降参するしかないのは今のでわかっただろうに。

「まさか、あれが可愛いとか言うつもり？」

「そうだ」

信じられないというような言葉を、俺は即答で肯定した。

クリスティーナほどの美人を見たことなどない。

それでも信じ切れない、というような声色で、お姫様が俺への質問を続ける。

「あんた、容姿に差別意識はないの？」

俺は少し返答に困る。美意識が違うだけで、そりゃあ俺だって美人とブスに対して態度は違う。

だが少なくとも、ブスだから罰金なんて考えはない。

「ないな」

余計なことを言わないように短く答えた。

迂闊なことを言うと、また左右の兵士が反応してしまう。

「……あんた、名前なんていうんだっけ？」

「ヤスアキだ」

「ふうん。ヤスアキ、変わった名前ね」

ヤスアキ、となぜか俺の名前を繰り返してから、姫様は言う。

「騒ぎを起こしたことを、どう思っているの？」

「…………」

なんと答えればいいのだろうか。正直なんとも思っていない。さっさと帰りたい。

「混乱させたことは申し訳ないと思っている」

言葉だけ整えて吐き出した。お姫様はあまり満足しなかったようで、さらに質問を重ねていく。

「ねえ、騒いでいた周りの人間をどう思った？」

「…………？」

再び返答に困る質問だ。

この姫様が、俺の口から何を聞きたいのかがわからない。

「あんなに混乱するとは思っていなかった」

だから、わざとではない、というニュアンスを持たせながらそう答える。

お姫様は少し考えるようにしてから、言った。

「ねえ、本当に容姿に差別意識はないの？」

「ないな」

「あなたって、黒目黒髪じゃない？」

「ああ、そうだな」

「わりとモテるでしょ？　その……綺麗な女性にも」

「まあ、そうだな」

こっちの〈美人〉には興味はないがな。もの珍しさもあるのだろうが、全体的に俺の容姿は、この世界で肯定的に受け入れられていると思う。

「選び放題なのに、あの娘を連れているのよね？」

「ああ。そうなるが？」

実際のところ彼女を連れて行くことが旅の条件だったのだが、そうでなくても俺はクリスティーナを仲間にしただろう。

「あなたはあの娘について、どう思うの？」

「どう、とは？」

意図がわからずに俺が問い返すと、お姫様は少し迷ったようにしながら補足する。

「その、可愛いからとか、見た目は好みじゃないけど性格がいいとか、能力が高いからとか、実家がお金持ちだからとか、生まれが高貴だからとか」

もしかしてこのお姫様は、クリスティーナのことをよく知っているのだろうか？

彼女はエルフの王族だったのだ。王族同士、なにか接点があったのかもしれない。

「ほら、実家が高貴でお金持ちって魅力的じゃない？　それだけで愛したくなるというか……」

だが、続くお姫様の言葉はよくわからないものだった。

なぜかわくわくしながら、自分の生まれを自慢し始めたのだ。

「いや、それはないだろ」

俺が否定すると、彼女は急にしゅんとしてしまう。いったいなんなのだろうか？

「じゃ、じゃあ、あんたはなんであの娘を連れているの？」

「なんでって……」

なんと説明していいものか。俺が言い淀むと、彼女は言葉を重ねる。

「だって、あんな見た目なのに……」

「おい」

口にしてから、俺は両手を挙げてすぐに降参をアピールする。クソッ、やりにくいな。

お姫様は息を呑むと、これまでよりも真剣な声色で俺に問いかけた。

「彼女が特別？　それともあなたの趣味なのかしら？」

「両方だ」

「……そう」

即答した俺に、彼女は少し考え込んでいるようだった。

「趣味、趣味もあるのね……見たところそこまで金持ちそうでもないし、罰金の代わりってことにすれば……」

なにか呟いているようだが、この距離ではちゃんと聞こえない。

質疑が終わったのなら、早く罰金を払って帰りたい。

俺は隣の兵士に目で問いかける。だが今度は、兵士は反応しなかった。

まだお姫様のお許しは出ていない、ということなのだろう。

やがてお姫様は、俺ではなく兵士のほうへ声をかけた。

「……そうね。そいつ、あたしの部屋に連れてきて」

「はっ」

返事をした兵士に、お姫様が付け加える。

「連れてきたら、全員席を外して」

「で、ですが危険では？」

「ボディーチェックしておけば大丈夫でしょ。お城の中なんだし」

「はっ」

忠告はしてみても、やはりお姫様の言うことは絶対なのだろう。兵士はあっさりと引き下がった。

そこで、お姫様が俺のほうへ目を向ける。

「じゃあ、待ってるから。またあとで」

当然拒否権などなく、俺はボディーチェックの後、彼女の部屋へ向かうことになった。

十二話　アイリーンの素顔

通された部屋は、お姫様の私室だ。

「ようやく来たのね」

部屋の入口には兵士が控えている。だが、この部屋には今、俺と彼女のふたりきりだ。

無用心にも思えるが、仮に俺が彼女を襲ったとして、そのまま逃げ切ることは不可能だろう。

それがわかっているから、こうして兵も納得したのだろう。

「そんな入口に立ってないで、こっちに来なさい」

長話するつもりもないのだが、ここでごねても話が進まない。

俺は彼女にうながされるまま、部屋の奥へと向かう。

そこはどうやら、彼女の寝室だった。

「さ、ここなら外には声が聞こえないわね」

アイリーンはベッドに腰掛けて、こちらを眺め回した。

兵士が側にいなければ、お姫様もただの少女だ。過度に恐れる必要はない。

もちろんやり過ぎれば、その後どうなるかは考えないといけないが。

「ねえ、もう一度訊くけど、あんたはなんであの娘を連れているの？　旅もしにくいでしょう？」

見下しきった態度に、俺はため息をつく。先程までと違い、兵士はここにはいない。

「そうだな。よくわからんお姫様に絡まれたりとか……な」

「ぐっ！　そ、そうね。でも、この先もどうせトラブル続きでしょうね。向いてない旅なんてやめちゃえば？」

「さっきから、お前はいったい何が言いたいんだ？」

「え？　な、何って……」

この部屋に来る前から、彼女の質問はよくわからないものが多い。

俺を怒らせたいのか、隠すほど美しい自分の容姿を自慢したいのか、ただ俺が珍しいからかまっているだけなのか。

「お前が何をしたいのかが、まるでわからない。用がないならさっさと罰金を払って終わりにしてくれ。黒目黒髪が珍しいのか？　悪いが俺は忙しいんだ。姫様なんだから、遊び相手ならよそから適当に買ってくれ」

「そ、そんな……」

思わず言い返した俺に、彼女は目に見えてしゅんと落ち込んでしまった。

まずい。言い過ぎたか？　俺は部屋の外で待機している兵士のことを考えて慌てる。

「あたしは、ただ……」

そう言いながら、アイリーンは仮面に手をかける。見た目で籠絡するつもりか？

おい待て落ち着け。この世界で隠さなきゃいけないほどの美貌など、俺にとっては精神力を削られる化物でしかない。それは勘弁だ……！

しかし、俺の喉から声が出る前に、彼女はあっさりと仮面を外した。

目をそらす暇もなく、俺はアイリーンの素顔を思いっきり見てしまったのだ。

「う……お？」

そこから現れたのは、しかし化物などではなかった。

普通に、いや、かなりの美少女だ。

赤い髪をツインテールに束ねている。高飛車な態度に似合ったつり目と、思ったよりも幼い顔。

全体的に整っていて、俺の感覚でいうところの美少女だった。

それはつまり、この世界では差別される側の容姿だということ。

アイリーンが顔を隠していたのは、美しいからではない。見られると困るからだったのだ。

「どう？　驚いた？」

彼女は力なく俺に問いかける。

先ほどまでの高飛車な態度から一転、こうしてしおらしくしていると、その容姿も相まってかなり魅力的だ。

「ああ、驚いた。最初から素顔で出てくればよかったのに」

これは本心だ。彼女が最初からこの顔で現れていれば、意味不明だった質問も理解できた。

「やっぱり、怯えたりしないのね。そこは予想どおりかな」

彼女は俺のほうを見つめて、その真意を明かした。

「騒ぎの詳細は聞いてるわ。だから……あの娘を連れているあなたなら、あたしを抱いてくれるかもしれないと思ったの」

「あ、ああ……」

俺は彼女に見惚れていた。確かに、アイリーンが声をかけてくれれば俺は頷くだろう。

そう思って見ていたのが伝わったのか、自信を取り戻した彼女の態度が復活してくる。

「あの娘を連れてるの、趣味って言ってたわよね」

彼女は足を組んで、俺を睥睨する。

「あれだけ騒ぎになっていたし、本来は結構罰金をかけるんだけど……あたしを抱いて満足させたら、帳消しにしてやってもいいわよ？」

高飛車な態度でアイリーンが迫る。

確かに彼女のような容姿なら、こういう態度を喜ぶ男が、元の世界でも多いだろう。

だがさんざん振り回された俺としては、素直に頷くのも癪だ。

それに、先ほどの落ち込んだときの表情も悪くなかった。

だから俺は、その要求を突っぱねてみる。

「いや。罰金を払う。もう帰らせてくれ」

「は!?　ちょ、ちょっと待ちなさいよ。高いわよ!?　あたしを抱けば無しにしてやるって言ってるんだから、素直になりなさいよ」

慌て始めた彼女に、俺はわざと冷たい目を向ける。

「そういう態度が気に食わない。ひとりでオナニーでもしてろ」

「罰金増やすわよ！　あ、あたしに逆らったら――」

「アイリーン！」

「は、はひっ」

俺が強く名前を呼ぶと、彼女は上ずった声で返事をした。だが怯えているというよりも、少し嬉しそうだ。もしかしたら意外とMっぽいのかもしれない。それなら……。

「見ててやるから、オナニーしろ。じゃなきゃ、俺はもう帰る」

そう言って、俺はゆっくりと踵を返す。その背中に、アイリーンの声がすぐに浴びせられた。

「わかった！　する！　するからそこでちゃんと見てなさいよ！」

「そうか」

俺は頷くと、振り向いて彼女に目を向ける。

胸元をはだけさせると、大きな胸が飛び出して揺れた。

クリスティーナほどの爆乳ではないが、それでも十分な大きさだ。

その魅力的な胸に、アイリーン自身の手が伸びる。

掴まれた乳房は柔らかく形を変えて、存在をアピールする。

両手で胸を揉みながら、彼女はこちらを見る。目が合うと、アイリーンはさっと視線を逸らした。

「ンっ……ふっ……」

勃ってきた乳首を、細い指がくりくりと摘みあげる。

だんだん乗ってきたのか、おっぱいを揉む手が激しくなっていった。

俺が見ていることを忘れたのか、甘い声を漏らし始める。

「おい。下のほうはいじらないのか？」

「アッ……ンッ！」

声をかけると思い出したかのように、俺のことを睨みつけた。

だがその間も胸を弄る手は止まらない。荒い息で、頬を上気させながら睨みつけられても怖くない。むしろ、その仕草に興奮してしまうくらいだ。

それに睨みつけながらも、彼女の手は素直に股間へ向かう。

足を開くと、もうすっかり湿った下着が露になる。

「もうぐしょぐしょじゃないか。見られて感じるなんて変態だな」

「あ、あんたが見せろって言ったんでしょ！　この変態野郎っ」

その罵りは心地よかった。だからもう少しいじわるしてみることにした。

「アイリーンは見られたくないのか。じゃあ俺はもう帰るから、あとはひとりで――」

「待って！　見て！」

「なにを？」

「あ、あたしがオナニーするとこ、ちゃんと見てぇ！」

叫ぶアイリーンに、俺は思わず笑みを浮かべてしまう。

「それじゃ、もっとよく見えるようにしないとな」

「はいっ……ふぅっ、ん、あっ……！」

彼女は下着を脱ぎ捨てて、足を大きく広げる。見えやすいようにM字開脚だ。

そして、はしたない蜜をこぼしている縦筋を撫で上げた。

「ンアッ！　見られてると、いつもより……っ」

俺は彼女の秘部に顔を寄せる。メスの匂いがむわっと香り、くらくらする。

彼女の膣口は、棒を求めてヒクヒクと震えていた。

「アッ……そんな、近くで見られてっ……大事なとこ、中まで全部見られちゃってるっ」

そう言いながらも、彼女はあえて広げて、奥までこちらに見せつけてくる。

蠢く内部に思わず指を伸ばしかけるが、俺はぐっとこらえて彼女を見上げた。

「あっあっ……あたしの股間に顔を埋めて、こっち見ないでぇ……！　あたしのエッチなとこ……ンンッ！　もう我慢出来ない」

アイリーンの手が、自身のクリトリスへと伸びる。

小さな指で擦り上げながら、もう片方の手は荒々しく胸を揉んでいた。

「あっ、ふっ！　オナニー見られてっ！　いじわるされて、感じてるっ！　ンアッ！　こんなの……こんなはずじゃ、ンッ！」

動きが激しくなり、愛液もどんどん溢れてくる。そろそろイクのだろう。

俺は彼女の股間に顔を近づけたまま喋る。

「ほら、好きにイケ。こうして見ていてやるから」

「アンッ！　もぅ、イク、イッちゃうのぉぉぉぉっ！」

大きく体を震わせて、アイリーンが絶頂した。盛大に潮が吹き出し、間近で見ていた俺の顔にかかる。その姿がさらに彼女を興奮させたのか、彼女が腰を突き出してきた。

「あたしのエッチなお汁を浴びてるっ！　お顔がびしゃびしゃになってるよぉ」

「まったく、とんだ淫乱お姫様だな」

そんな姿を見せられて、興奮しないはずがなかった。

さあ、次はどうしようか。

十三話　アイリーンと対面座位で

「はぁ、はぁ……んっ」

イッたばかりのアイリーンが息を整えている。

俺は数歩後ずさり、その全身を眺める。乱れた服、上気した肌。肩で息をする美少女の姿は、やはりエロい。もう俺の肉棒は、ズボンの中でパンパンになっている。

「ん、あっ！」

アイリーンがそれを目ざとく見つけた。彼女の視線は、俺の膨らんだ股間へ釘付けになっている。

「そ、それ……あたしのオナニーを見て大きくしたの？」

「ああ。アイリーンがあまりに淫乱だったからな」

「ふうん。そうなんだ。あたしを見て大きくしたんだ……」

この世界では女のほうが性欲が強いからか、彼女は隠すことなく俺の股間へ興味を示している。

「それ、出したら？　窮屈でしょ？」

彼女の目は期待に満ちている。俺の顔と股間を交互に見ながら、早く出せとせがんでいるのがまるわかりだ。

だから俺は、そっけなく答える。

「いや。必要もないのに出したりしない」

「そんなに大きいのに？　痛いでしょ？　あたしが、出してもいいって許可してるのよ？」

「なんのために出すんだ？　意味が無いだろう」

そう言うと、彼女は高飛車な笑みを浮かべた。

「あらためて聞いてあげるわ。あんたがどうしてもっていうなら、あたしを抱かせてやってもいいわよ？　その大きくなったものであたしを気持よくさせたら、全部許してあげる」

そこでちろりと唇を舐めながら、彼女が問いかける。

「どう？『アイリーン様を抱かせてください。セックスさせてください』って、お願いする気になった？」

いじわるく微笑むアイリーンに、正直俺の心は揺れていた。

ここまできたら肉棒は収まらないし、ベッドの上で誘う彼女は魅力的だった。

最初からこの調子でこられたら、あっさりお願いしていたかもしれない。

それでも俺は、あえて突っぱねる。彼女を調子に乗らせてはいけない。

主導権はあくまで俺にあるのだ。

「いや。罰金がなくなるのは悪くないが、そこまでじゃないな。だが、ちゃんと俺の言うとおりにオナニーもしたわけだし……」

言葉を濁すと、アイリーンは期待の目をこちらに向けていた。わかりやすい奴だ。素直なのは嫌いじゃない。

「もしお前のほうから俺に、『抱いて欲しい』というなら考えてやるが？」

「ぐぬぬっ……」

俺の態度に、アイリーンが歯を食いしばった。その目が俺の顔と股間を行き来して、迷っているようだった。やがてついに、彼女の口から、か細い声が漏れる。

「……ぃてください」

「なに？」

「あたしを抱いてくださいっ！」

「ふふっ。いいぞ。それじゃお望みどおりにしてやろう」

俺がベッドに近づくと、彼女は全身で喜びを表現した。

「まず服を脱げ。ちゃんと興奮するようにな」

すでに下着はなくなっているが、彼女はゆっくりと俺に見せつけるように服を脱いでいく。

脱ぎ終えた服をあえて高めから床に落としてみたり、焦らすように脱いでみたり。

俺の顔色をうかがいながら、こちらを誘うアイリーンの姿は可愛らしい。

服を脱ぎ終え、全裸になった彼女の姿を見つめる。

大きな胸に、くびれたウエスト。きゅと締まったお尻。美しい顔を含めて、俺にとっては間違いなく美少女だ。性格の問題など忘れてしまいそうなほどの。

「さ、次はあなたが脱ぐ番よ。でも、もう我慢は出来ないわ」

「うわっ」

見とれていた隙に、彼女に襲いかかられる。まずは下着ごとズボンを降ろされた。

彼女のエロい姿で膨らんでいた肉棒が、ぐいんと飛び出す。

そのまま押し倒されて上半身も脱がされた。アイリーンは剥ぎとった俺の服を適当に投げ捨てると、そのまま抱きついてきた。

ベッドに座った俺の膝に、彼女が跨る形になる。

大きなおっぱいが、俺の胸で柔らかく潰れる。すでに興奮で勃っている乳首が、アクセントになって俺を刺激した。

「はぅ……。大きい背中に、かたい胸。それにたくましいおちんぽ。熱くて、大きい……」

反り返った肉棒は、彼女のお腹にあたっている。

白く柔らかそうな下腹部に、似つかわしくないグロテスクなものが生えているみたいだ。

「あっ……ふっ、ん」

彼女が腰を動かして、自分の秘裂を俺の肉棒に擦りつけ始める。

溢れ出てくる愛液で、竿全体がすぐにヌルヌルになった。

「もういけるわよね？　おちんぽ、挿れるわよ？」

この世界では、女性主導が一般的だ。だから彼女のほうから腰を浮かせて、膣口に俺の肉棒をあてがった。

その姿勢だと、俺の目の前で彼女のおっぱいが揺れる。

腰の位置を調整するような動きに合わせて、大きな胸がふるふると揺れる。

「ンッ、あっ……入ったぁ」

亀頭の部分が彼女の膣に飲まれた。まだ先っぽしか入っていないが、締めつけはきつい。

アイリーンはぐりぐりと腰を動かしながら、少しずつ肉棒を飲み込んでいく。

その度に、たわわな双丘が俺を誘うように揺れた。

「ん、くっ、なかなか……お、大きすぎるのよ」

「アイリーンの胸も大きいけどな」

耐え切れず、俺は彼女のおっぱいに顔を埋めた。

「ひゃうっ！　ちょっとなにすん、あんっ！」

なめらかな肌に舌をすべらせる。谷間の部分を舐めあげると、甘い汗の味がした。

そして丘の頂点で、ピンと勃っていた乳首を大きく舐める。

「ひぃううう！」

感じすぎたのか、アイリーンが体をのけぞらした。その拍子に力が抜け、腰が一気に落ちてくる。

反射的にそんな彼女を抱きしめた。

「うおっ」

肉棒を一気に飲み込まれて、予想外の快感に俺の腰が跳ねる。

そうすると肉棒は、さらに奥まで押し込まれることになる。

「ンアァァァアッ！　アメッ！　イクゥゥゥ！」

俺の腕の中で、アイリーンが激しく絶頂した。

体を俺にもたれかからせて、荒い息を吐く。

密着しているので、彼女の呼吸を耳元に感じた。

「はぁ、んっ。な、なにすんのよいきなり……」

「目の前に魅力的なおっぱいがあったからな」

力をゆるめ、顔を見ながらそう答える。

涙とよだれに塗れたアイリーンは、俺の言葉にまんざらでもなさそうな反応をした。

「あたしのおっぱい好きなの？　じゃあしょうがないわね。ヤスアキは変態だもンンッ！」

生意気な口を塞ぐためにキスをする。

「んー！　んー！」

何かを叫んでいる彼女を無視し、そのまま舌を侵入させる。

アイリーンの息を吹き込まれながら、舌で口内を侵略していく。

まずは舌を絡めとり、そのまま口の上側を舐めあげる。

「んふぅっ！」

上側をちろちろと舐めていると、彼女が腰を上下に振り始める。

「ぷはっ。それは抗議？　それともおねだり？」

口を離して尋ねる俺を、アイリーンはキッと睨みつける。

「両方よ！　い、いきなりキスするなんて……」

キスどころか挿入した状態なので、何を言っているのかよくわからない。

俺は腰を突き上げて、口内よりももっと深く彼女の膣内を犯した。

「あっ、ふぅ！　アッ……ンッ！　おちんぽ、中に入ってる……」

まだ慣れていない彼女の膣内は、とても狭い。

ペース配分などないかのように、最初から全力で貪欲に肉棒を締めつけてくる。

「おっきくて熱いおちんぽが膣中で暴れて……アッ、ンンッ！　セックス最高っ……」

「喜んでもらえてなによりだっ！」

素直な態度を褒めるように、俺は腰を突き上げていく。

そして背中を丸め、彼女のおっぱいに顔を埋めた。

腰を上下させるのに両手が塞がっているが、口なら自由に使える。

「アアッ、アメッ！　ふぅ、アッ！　またイク、そろそろっ」

乳首を口に含み、唇で押しつぶす。

固めのグミみたいに舌で転がして愛撫した。

それに合わせて、彼女の膣壁が収縮して肉棒を射精へと誘ってくる。

「アッアッ、イク、イッイッイックゥゥゥゥ！」

俺にぎゅっとしがみついて、アイリーンが果てた。

グイグイと腰や胸が押し当てられる。

彼女の柔らかく温かな体を感じながら、俺も射精した。

体を押さえつけられたままで、最奥へ精液を吐き出す。

「あぅ……中出しされてる。精液がお腹の中に溢れてるぅ……」

イったばかりなのに、彼女は小刻みに腰を動かしていた。

出された精液を掻き回して確認しているみたいだ。

俺は体を倒して、ベッドに横になる。

美女も抱けたし罰金もなくなるという、最良の結果を手に入れた。

しかしすっかり気の抜けた俺に、アイリーンの言葉が降ってくる。

「こんなに気持ちいいなんて……ねえ、もっと付き合いなさいよ」

十四話　次は背面騎乗位で

射精して小さくなった肉棒が膣から抜ける。

アイリーンは立ち上がって、寝そべった俺を見下ろした。

「男のヤスアキはイったばかりで満足かもしれないけど、あたしはまだまだなの。付き合ってもらうわよ？」

先ほどまでとは一転し、高飛車な彼女らしい嗜虐的な笑みを浮かべる。

彼女の顔を見上げると、揺れる大きな胸も、まだ愛液をこぼす秘部も丸見えだ。

「ヤスアキはそのまま寝ていればいいわ。あたしが思いっきりよがらせてあげる」

覆いかぶさって覗き込んでくるアイリーンの胸に手を伸ばした。

「ひゃうっ！　今度はあたしの番だって言ってるでしょ！」

すぐに体を離し、彼女は俺に背を向ける。そして、俺のお腹に座り込んだ。

「え？　嘘……もう大きくなってるの？」

この世界の男はあまり性欲がないらしいが、俺は違う。

裸のまま無防備に振る舞うアイリーンを見ていれば、肉棒はすぐに硬くなる。

「すごいね、もうガチガチ。じゃあヤスアキ、いっぱい気持ちよくなって、あたしによがり声を聞かせてね？」

上から目線のアイリーンが、背を向けたまま腰を下ろす。

背面騎乗位だ。肉棒を掴んだ彼女の背中が、ゆっくりと降りていく。

お姫様の白く細い背中。女性らしいカーブを描いたラインに、俺の興奮も高まる。

「ん……入ったわ」

彼女は体をそらして、勝ち誇ったようにこちらを見る。

まだ教育が足りないみたいだ。

それでも俺はいったん、彼女に任せてみることにした。

「ンッ、ふっ……」

必死に腰を前後に動かしている。

こちらから見ると無防備なお尻が振られているので、視覚的にはとてもいい。

上下に擦り上げる動きとは違い、根元のほうに緩やかな刺激が来る感じだ。

「アッ、ぐぅっ……ンンッ！　おちんぽ、ぐりぐりあたってるぅ……」

腰の動きとは別に、膣壁はぐいぐいと動いて肉棒を包み込む。

絞りだすような動きが、竿全体を刺激する。

彼女は腰の動きを、円を描くように変えてきた。

そうすると、お尻がくるくると誘うように動く。思わず手を伸ばして、そのお尻を撫で上げた。

「あっ、いきなり何を」

向こうを向いていて見えてなかったアイリーンは、突然触られて困惑したようだ。

俺はすべすべの肌を楽しむように、無防備なお尻を撫で回す。

「このっ、おとなしく絞られていればいいのよっ」

彼女の腰使いが激しくなる。

しっかりと腕をついて、体を持ち上げる。

緩やかな腰の回転に加えて上下の抽送も開始した。

「ンッ、ハッ……クッ、どう？　我慢せずに、声を上げていいのよ？」

俺は唇を硬く結んで耐える。アイリーンの思うがままになるのも癪だ。

むしろ彼女を感じさせて、俺を刻みつけてやろうと思う。

俺は滑らかな背中に指を這わせる。

「ひゃんっ！　くすぐったいわね」

背骨のラインを丁寧になで上げる。最初はたしかに、くすぐったいだけだろう。

そのまま脇腹のほうも撫で上げていく。

「ンッ、な、なんのつもり？」

彼女の声には応えず、そのまま両手で脇腹を押さえた。

彼女の細いウエストは、それだけで指が届いてしまいそうだ。

俺は手に力を込めて、彼女の体を持ち上げる。そして思い切り腰を振り始めた。

「アウッ！　ふっ、ンッ……アアッ！」

主導権を取り戻すように、下から彼女を突き上げる。

じゅぶじゅぶ水音を立てながら、膣内を蹂躙する。

「アッ、ダメッ！　そんなに掻き回したらぁっ！」

「高飛車な態度にはおしおきだ！　アイリーンのほうこそ嬌声を上げ続けろっ！」

「ンアァッ！　あらひの膣中が、削り取られちゃうっ……！」

ジュリュ、ジュブ、ジュポポポッ！

下品な音を立てながら、アイリーンの腰が俺の上で跳ねる。

溢れ出る体液が掻き回されて、泡立っていた。

「アアッ、おかしくなっちゃうっ！　あたし、ンアアァァ！」

お姫様も絶頂を迎えて、体を反らせた。

しなった背中のラインがよく見える。

だが、俺の腰は止まらない。そのまま腰を突き上げて、彼女の膣内を掻き回し続ける。

「ひぁあっ！　らめっ、イったばかりだからぁっ！　そんなに激しくされたらっ……！」

問答無用で腰を振る。

膣内が激しく蠕動して、俺の肉棒をきゅうきゅうときつく締め上げる。

俺のほうも、もうそんなに余裕はない。

ラストスパートのつもりで、さらに激しく腰を動かした。

彼女の奥を、ぐりぐりと亀頭で叩き上げる。

「アウゥウッ！　子宮のところ、ガンガン突かれてるのぉっ！　奥まで……イクッッ！」

連続でイったアイリーンは快楽に飲まれながら、こちらを振り返る。

「ヤスアキもイきなさいよぉ……ザーメン、あたしの中にぶちまけてぇ……！」

ヒダが痙攣して肉棒を包み込む。

それだけでも気持ちいいのに、アイリーンは再び前後左右に腰を振りはじめた。

「ンッ、アッ！　いいっ！　おちんぽがぐりぐりあたってるのぉっ！」

潤んだ瞳にこぼれる唾液。彼女はとろけきった顔で一心不乱に腰を動かしている。

なんていやらしい顔と動きなんだ！

「おちんぽ、おちんぽもっとぉ！」

すっかり乱れたアイリーンが、俺の肉棒を求めている。

「あたしの中を突いて、めちゃくちゃにしてぇっ！」

そこには高飛車な態度なんて残っていない。

高貴な彼女が今、完全に俺のちんぽ奴隷になっている！

「望みどおり、めちゃくちゃにしてやる！」

俺は壊れそうなほど乱暴に、激しく腰を突き上げる。

細いアイリーンの体が俺の上で跳ね回った。

「ンアアァァッ！　気持ちよすぎて壊れりゅのぉぉぉっつ！」

アイリーンの体から汗が飛ぶ。

様々な体液を流しながら、俺の上で乱れる彼女は最高だった。

確かにこんなエロい彼女は、隠しておかないとダメだ。

顔どころか、背中も腰も全部隠しておくべきだ。

じゃないとこうやって……！

「あっ、おちんぽ膨らんできたっ！　このまま、このままザーメンビュルビュルはき出してぇっ！」

パンパンパンパン！　と肉を打ち合う音が大きく響く。

「おちんぽ最高なのぉ！　アウゥッ、きてぇぇエエエッ！」

「う、ぐおぉぉぉ！」

金玉が痛いほどつり上がって、精液をすべてぶちまけた。

「アアァアァァア！　熱いザーメンが溢れてるのぉ！」

射精中も搾り取ろうとしてくる膣壁の収縮に、肉棒が何度も跳ねる。

「ふあぁっ……。もう、おちんぽなしじゃ生きられない……」

コポ、と膣から精液をこぼしながら、アイリーンが呟いた。


「泊まっていきなさいよ」

並んでベッドに横になっていると、アイリーンがそう言った。

俺は口を開きかけたが、甘えるように俺の胸を撫でる彼女の手に、その言葉を飲み込んだ。

どうせ彼女の許しがなければ、俺はこの部屋から出ることも出来ないのだ。

「ねえ、あんたはさ」

こちらを覗きこむようにして、アイリーンが問いかける。

「また、旅に出るのよね？」

「ああ。元々買い物に寄っただけだからな。すぐにでも出発するつもりだ」

「そう……」

俺が素直に応えると、アイリーンは小さく呟いた。

おそらく、戻ってくることもないだろう。それが伝わったのか、彼女が諦め混じりに問いかける。

「生活は面倒見てあげるから、この街にとどまりなさい。……と言っても、聞かないわよね」

「ああ」

俺には美人だらけの街へ行って、ハーレムを作るという目標がある。

異世界に来て、最初に彼女と出会っていたなら、ここにとどまる選択肢もあったかもしれない。

だが、決めた事を覆すつもりはない。

「……そうよね」

彼女は寂しそうに呟く。

置いていくことに心苦しさを感じるのと同時に、それだけ俺とのセックスが気持ちよかったのだという満足感もある。

「あなたは旅を続けるんだもんね」

「ああ、そうだ」

俺は事実だけを答える。

アイリーンはそのまま、俺の胸をなで続けた。

一応、納得してくれたみたいだ。

明日になれば、俺はまた旅に出るだろう。

十五話　旅立ちとメイド

翌朝。

目覚めた俺はアイリーンに声をかけ、旅立つことを告げた。

罰金も本当になくしてくれて、俺はこのまま旅に出ることが出来るという。

その最終手続きのために、俺はひとりで役人の下へ向かう。

一夜明ければ、アイリーンは妙に聞きわけよく、俺のことを引き留めたりしなかった。

面倒がなくていいと思う反面、少し寂しい気がするのも複雑な男心ってやつだ。

ともあれ、俺は手続きを終えて役所を出る。

「ヤスアキ！」

建物から出た瞬間呼び止められ、振り向く。

そこには大荷物を抱えたアイリーンが立っていた。俺を見つけてマントのフードを外したアイリーンは、例の仮面も着けていないようだが……。

物言いたげな彼女に物陰へと引っ張り込まれたが、さっそく俺のほうから疑問を投げかける。

「いったい、お姫様がここでなにをやってるんだ？」

その荷物から薄々は察しつつも、俺はそう尋ねた。

「あなたが旅を続けるなら、あたしもついて行くことにしたの。連れていって？」

「…………」

俺は彼女を眺める。旅支度をした、といっても彼女はお姫様だ。

従者もいないような馬車での旅に、慣れているわけではないだろう。

ある意味で逃避行でもあるこの旅は、お金持ちの旅行とは違うのだ。

「…………？」

彼女は何も言わない俺に、可愛らしく首を傾げてみせた。

たしかに、彼女は魅力的だ。見た目も好みだし、クリスティーナに負けず劣らずのドスケベっぷり。俺が作る美女ハーレムに加えたい人材ではある。

だが……。

彼女の高飛車な態度が旅に向くとは思えないし、お姫様という立場を含めても面倒だ。

メイドとか従者ならば欲しいが、こちらが彼女に仕えるのは勘弁だ。

というわけで、やや残念だが、彼女を連れて行くわけにはいかない。

「悪いな。お姫様を連れて行けるような旅じゃないんだ」

「そ、そこをなんとか！」

頼み込む彼女に、俺は首を横に振った。

「お姫様扱いなんて出来ないし、野宿だらけだぞ？」

「それでもいいから！」

「口ではそう言うけどな。実際、そもそも従者なしで生活できるのか？」

「できるわよ！　一通りなんでも覚えてあるもの」

「うーむ……」

「ね？　いいでしょ？」

本当だろうかと、俺は疑いの目を向ける。

いや、旅ぐらい出来るという気持ちは本当だろうが、城暮らしの彼女がやっていけるのかどうかだ。何日も持たないのではないだろうか。

プライドや生活スタイルは、そう簡単に変えられないだろう。

「だがな……」

俺が断りの言葉を探していると、アイリーンが膝をついた。

そしてそのまま、頭を地面につける。いわゆる土下座だ。

「お、おい……」

「お願い、連れていって！　なんでもするから！」

頭を地面にこすりつけながら、懇願するアイリーン。

なんでも、ね。

それが本当なら断る理由などないのだが、実際は違うだろうと思う。

俺は少し、いじわるな要求をしてやる。

「じゃあお前、俺のメイドになれるか？」

その言葉に、彼女は力一杯という勢いで顔を上げて頷いた。

「はい！　精一杯ご奉仕させていただきます！」

ご奉仕、という単語からあらぬことを想像してしまうが、今大切なのはそっちではない。そんなものは、連れていく時点で当然だ。

これでも諦めないなら、彼女が断りたくなるような要素をもっと並べてみる。

「俺はこの先、ハーレムを作る予定だ。その一員として俺に仕え、今後は俺のことを常に、ご主人様と呼べるのか？」

「はい！　ご主人様。アイリーンになんでもお申し付けくださいませ！」

「お、おう……」

あまりの食いつきぶりに、俺のほうが若干引いてしまう。どうやら彼女の覚悟は本物みたいだ。

「なら……もう立ち上がっていいぞ」

「はい！」

元気よく答えて、アイリーンが立ち上がる。

メイドになることを受け入れて、土下座までするくらいだ。振る舞いについては問題ないのかもしれない。この一晩で、彼女に何か思うところがあったのだろうか。

道中もエロいことはもちろんするとして、残る問題といえば……。

「お前、お姫様だろ？　まず、こんな簡単に旅立っても大丈夫なのか？」

「大丈夫です、ご主人様！」

言いつけを守って調子よく答えるアイリーンを信じて、俺は折れることにした。きっと、それなりの根回しは終わっているのだろう。昨日の兵士の態度からしても、アイリーンは意外とデキるお姫様なのかもしれない。

「わかった。しかし、その大荷物だけじゃ完璧とはいえない。念のため、もっと万全を期してこい。

そしたら馬車で合流しよう」

「本当!?　わかったわ！　すぐ戻ってくるから待ってなさいよね！」

「ちょっと待て」

駆け出そうとしたアイリーンを呼び止める。彼女は首を傾げてから、慌ててすぐに言い直した。

「すぐ戻りますからお待ちくださいませ、ご主人様！」

言い直すとき、ちょっと面倒くさそうだったのが気に掛かるが、まあいいだろう。これからじっくり調教していけばいいのだ。

どっちの意味でもな！


「は？　これは、なにかしら？」

「メイド服だ」

馬車の前で待つことしばし。

やっと合流したアイリーンに、俺はさっそくメイド服を着るように命じた。

この世界らしい、異常に露出度の高いメイド服。それも、正式なメイドのものではなく、おそらくはプレイ用のふざけたものだと思う。ほとんど水着みたいな布面積だ。

だがそれだけに、俺にとっては魅力的な衣装だとも言える。

「こ、これをあたしに着ろ、と……？」

「ああ、そうだ」

「あの、ご主人様……、この国の一般的なメイド服がこれではないということは……」

「うむ、薄々わかっていたが、気にせずに買った」

俺は堂々と頷いた。どう見ても機能性ではなく見た目重視だ。

「わ、わかってやっている、と」

「何か問題でも？」

俺はわざとらしく肩をすくめて見せる。すぐに着ないなんて困った奴だぜ、とでもいうように。

「なんでもしてくれるんだろ？　これが制服だ」

「ぐぬぬ……わかったわ！」

彼女が俺の手から、ひったくるようにメイド服を受け取った。

「あ、それと」

「なに!?」

さらに注文を付けようとした俺に、アイリーンが噛みつくように問い返す。

「それを着たら、その瞬間からお前は俺のメイドだぞ。俺の言うことには、絶対服従だ」

「わかってるわよ！」

俺はニヤニヤしながら、着替えるために馬車の中に入る彼女を見送った。

なんだかんだいって、今だって彼女は俺の言うことを受け入れている。同行は問題なさそうだ。

ほどなくして、メイド服に着替えたアイリーンから声がかかる。

「こ、これでいい……のですよね？」

俺も馬車の中に入ると、屈辱なのか羞恥なのか、顔をかなり紅くして立つアイリーンが、おずおずと尋ねてくる。俺は思わず頷いていていた。

「やっぱり似合うな。その服にして正解だった」

「……はへ？」

奇妙な声を上げるアイリーンを抱き寄せる。

彼女の柔らかな体の感触。俺の胸に押し潰された彼女の巨乳が、魅力的に変形した。腰に回した手がなめらかな素肌に触れる。

密着した状態で、俺は彼女の耳元に本心を囁いた。

「今すぐめちゃくちゃにしたいくらい可愛いぞ。その格好で、ずっと俺の側にいろ」

「は、はいっ！」

頬を真っ赤に染めて、アイリーンが俺の腕の中で頷いた。

この先の旅が、ますます楽しみだ。

「それじゃ、クリスティーナを待って出発だ」

騒ぎのこともあってやや心配だったが、出発前の用事をすまそうと出かけてくれたクリスティーナが戻ったら、すぐに出発したほうがいいだろう。

「あの、ご主人様……」

「なんだ？」

「な、なんでもありませんっ」

俺の隣に控えながら、お姫様から俺のメイドに転職したアイリーンが微笑む。

彼女は嬉しそうに腕にしがみついてきて、頭を俺の肩へと傾けた。

十六話　アイリーンは有能メイド!?

「ヤスアキ様！」

少し待っていると、クリスティーナがこちらへ駆けてきた。

「面倒をかけてすまなかったな。そっちは大丈夫だったか？」

「はい！　大丈夫でしたわ。……それで、そちらの方は？」

クリスティーナが、俺の隣にいたアイリーンのほうを見た。

「ああ、彼女はアイリーン。俺のメイドだ」

俺はアイリーンのほうを向き、クリスティーナを紹介する。

「アイリーン、彼女がクリスティーナ。見てのとおり、エルフ族だ。俺のメイドとして、彼女の面倒も頼めるな？」

「はい。わかりました、ご主人様」

従順にそう答えると、アイリーンはクリスティーナに挨拶をする。

「初めまして、クリスティーナ様。アイリーンと申します。よろしくお願いします」

「あっ、こ、こちらこそ、よろしくお願いしますわ」

丁寧な挨拶に、クリスティーナが恐縮しながら答える。王族同士とはいえ、人間とエルフだし、これからはこの関係を続けて貰うことになる。最初が肝心なので、上手くいきそうでよかった。

それにしても、やっぱり面識があるわけじゃなかったんだな。アイリーンの情報網は、この街ではなかなかだったのだろう。さすがは、お姫様だ。

お互いの軽い紹介を終えて、俺たちは馬車へと戻った。

「それじゃ、そろそろ出発するか」

俺はふたりに声をかけて、馬車に乗る。

「馬車も、あたしにお任せ下さい」

「できるのか？」

クリスティーナの例もあり、俺は不安げに問いかける。けっきょく俺は、クリスティーナとの御者の交代は諦めていた。馬に乗ったことはあるというが、やはり馬車は勝手が違うようだ。

頑張っても出来ることと出来ないことがあるのだ。俺も決して上手くはないが、クリスティーナは、まったくひどいものだった。まず、直進すらおぼつかなかったのだ。

「はい。お任せください、ご主人様。どうぞ、ご安心なさってください」

すっかり素直になったアイリーンが、しっかりと敬語で答える。王族だったのだから、周囲からのそういった言葉遣いには、慣れ親しんでいただろうしな。

とりあえず、今は彼女に任せてみることにした。走り出すとすぐに、それが正解だったとわかる。

「おお、快適だ」

出だしからして、俺よりも上手いのだ。

「すごいです、最初からまっすぐ進んでますわ！」

驚くハードルが低すぎるが、たしかにクリスティーナよりはるかに達者だ。

「そうだな……」

アイリーンは、本当にハイスペック・メイドなのかもしれなかった。


そして、少し時間は早いものの、最適な場所を見つけた俺たちは野宿することになった。

俺がテントを組み立てる間に、アイリーンが料理をしてくれる。

これまでは料理できる人間がおらず、食事はだいぶ雑なものだった。メイドの手腕に期待したい。

テントの組み立てを終えてから、たき火のほうへと向かう。

そこではアイリーンが、何かを煮込んでいたようだ。

「あ、もうしばらくかかりますので、ご主人様はゆっくりしていてくださいね」

「お、おう……」

すっかり優秀なメイドになったアイリーンが、てきぱきと調理を進めていく。

その様子を、俺は後ろから眺めていた。けっこう意外な展開だな。これは、儲けものだったか。

露出が高く、体のラインがはっきりとわかるメイド服で動き回る彼女。

なるほど。漫画とかである、料理しているところを後ろから襲いたくなる気持ちがよくわかった。

彼女のお尻が、俺を誘うように揺れている。

昨日さんざんしたというのに、俺の股間は魅力的な姿に反応し始めていた。

だが、今は我慢だ。楽しみをとっておくのも悪くない。それに……。

俺はあえて、休ませているクリスティーナにも目を向ける。

せっかく、連れがふたりになったのだ。今夜はふたり同時に相手するのもいいだろう。

上手そうな食事も楽しみだが、その後のことも待ち遠しくなってきた。

ならば、しっかり食べて体力をつけないとな。俺は思わず、舌なめずりをしてしまった。

「お腹が空きましたか、ご主人様？　出来ましたので、お食事にしましょう」

しばらくして、アイリーンから声が掛かる。

俺とクリスティーナは、呼ばれるままに、アイリーンが用意した簡易の食卓を囲んだ。

「おお、これはすごいな」

保存食をうまく調理した肉と、野菜のスープ。主菜は芋を潰して固めたモチのようなものだった。

「あたしの国の料理なので、お口に合うかわかりませんが」

「いや、見た目だけでも、美味しいのがわかる」

今までの食事とは大違いだ。

馬車があるとはいえ、ほとんどキャンプ状態なのに、こんなにちゃんとしたものが食べられるなんて。俺は少し感動すらしていた。

「いただきます」

俺はさっそく、肉を口に入れてみる。

備蓄用の肉は軽く炙られたことでうまみを取り戻し、噛んだときにじゅわっと味が広がる。

香辛料が使われているのだろうか。ピリリとした辛みとさわやかな香りが鼻を抜けていった。

それがアクセントになって、肉の味をより強く感じられるようになっていた。

スープもしっかりと出汁が取られている。この世界には現代のような化学調味料がないから、俺には出せなかった味だ。

火の通りも均等で、生煮えや煮過ぎの具材がない。火を通す順番や、カットするサイズがしっかり考えられているのだろう。

クリスティーナも感動したようで、口に入れた途端驚いていた。

「アイリーンさん！」

ひしっ、とクリスティーナが彼女の手を握る。

「は、はい？」

突然のことに戸惑うアイリーンに、クリスティーナは目を輝かせながら告げる。

「とってもおいしいです。こんな料理が作れるなんて……アイリーンさんは女神ですわっ！」

「あ、ありがとうございます。喜んでいただけてなによりです」

クリスティーナのあまりの勢いに、やや引きながら応じている。

戸惑うようなアイリーンの目がこちらに向けれた。

(いったい、今まで何を食べていたんですか……？)

そんなふうに言いたげな彼女の視線に、俺は曖昧な笑みだけを返した。

本当にアイリーンを連れてきてよかったな、と俺はスープを飲みながら思う。

「それにしても、どうしてこんなに料理が上手いんだ？」

俺が問いかけると、アイリーンは苦笑とともに答えた。

「我が国は、あまり大きな国土ではありませんからね。姫だといっても、蝶よ花よと育てられていたわけではありません」

そこで彼女は笑みを、少し寂しげなものへと変える。

「それにあたしは、この容姿ですから。他国の有力貴族に嫁ぐわけにもいかず……ひとりで生きていける力が必要だったのです」

「なるほど」

俺は頷いてから、励ますように続けた。

「でもこれからは、そのスキルが役に立つな」

「はい。ご主人様のお役に立てるなら、身につけておいてよかったです」

アイリーンの頭を撫でると、彼女は顔をほころばせて頷いた。

食事の後、アイリーンは馬車に積んだ荷物の整理を始めた。

俺は好き勝手に必要なものを引っ張り出しては使っていたから、中は荒れ放題だ。

「わたしも手伝いますわ！」

手持ちぶさたのクリスティーナが、整頓中のアイリーンに声をかける。

「いや、クリスティーナはおとなしくしていてくれ」

「ここはあたしにお任せください」

だが、すぐに俺とアイリーンの両方から止められる。人には、向き不向きがあるのだ。

「でも……」

食い下がろうとするクリスティーナの肩を、ぽんと叩いて首を振る。

納得していないなそうな表情ではあるものの、それで彼女はおとなしくしてくれた。

「さて」

片付けも終わり、日も完全に落ちている。

今日はこのまま寝るだけだが、まだそんな時間ではない。

それにせっかく連れがふたりになったのだ。ならばすることは一つ。

というわけで、俺は設置したテントの中でふたりに声をかけた。

「どうしました？」

「アイリーン。初日だが、体力はどうだ？　結構疲れたか？」

俺の問いかけに、彼女は首を横に振った。

「このくらい問題ないです」

「それはよかった」

俺は頷いた。少しくらい激しくなっても、問題はないということだ。

「どうしてですか？」

俺の言葉に不穏な空気を感じたのか、アイリーンが尋ねてくる。

微笑みだけを返して、俺は立ち上がってふたりに向けて言った。

「それじゃ、ふたりで俺を楽しませてくれ」

これだけの美少女を同時に相手に出来るのだ。すでにズボンの中で、俺の肉棒は期待に硬くなっている。ふたりの視線がその膨らみに向いて、目を輝かせる。

「ヤスアキ様……もうこんなに」

「喜んでご奉仕させてもらいますね？」

異世界の夜は長い。たっぷりと楽しむことにしよう。

十七話　クリスティーナとアイリーンのWフェラ

美少女ふたりが俺の前に跪いて、股間へ視線を向けている。

夢のようなシチュエーションだった。

「それじゃ、まずはふたりの口で楽しませてもらおうかな」

「はいっ！　頑張りますわっ」

「かしこまりました」

お互いに頷いて、俺のズボンへと手を伸ばす。しかし、それを直前で制止させた。

「いや、出すところから口だけでやってくれ。手を使うのは禁止だ」

せっかくなら、とことんまで楽しみたい。前の世界では出来ないようなことも、ここならすべて叶えられる。

「ズボンを口で、ですか……？」

「ご主人様はヘンタイですね」

純粋な驚きを見せるクリスティーナに対して、アイリーンにはどこか反抗の色が見える。

こちらをぐっとにらむので、俺はまっすぐに見つめ返した。

クリスティーナは、ズボンの縁を咥えるのに苦戦しているようだ。

アイリーンは俺の顔から視線を外し、股間へと目を向ける。

「まったく……本当にヘンタイです。ここをこんなに大きくして。ズボンを脱がす時間すら待ちきれないのですか？　はむっ……」

「うあっ」

アイリーンは毒づきながらも、ズボン越しに俺の肉棒を咥えた。

「はむはむ。ズボン越しなのに、こんなにはっきりとおちんぽの形がでてますよ。どうですか？布地越しのフェラは」

そう言って、アイリーンは蠱惑的な笑みを浮かべた。

彼女の唾液が染みこんで肉棒を濡らす。布を二枚隔てたもどかしい快感が肉棒に与えられる。

「んぐっ、なかなか、上手く下りませんわ」

その横で、クリスティーナは俺の指示どおり、ズボンの縁を咥えてずり下ろそうとしている。

手を使わずにズボンを脱がさせるという命令は、女性への征服感がある。日常とは外れた行為が、俺の興奮を高めていく。でもまあ、アイリーンが咥えてるから、やりづらいだろうな。

「じゅるっ……ちゅ、れろ。ふふっ、ご主人様、お漏らししちゃったみたいですね」

アイリーンの唾液で股間部分だけが濡れている。それは本当に、お漏らしをした子供みたいだった。濡れて変色した中心に、強く存在を主張する勃起竿さえなければ、だが。

「ちゅぅぅっ！」

ズボン越しに、強く吸い上げられる。気持ちよくはあるが、同時にとてももどかしい。早くズボンを脱ぎ捨てて、あの口に直接肉棒をぶち込んでやりたい。

水浸しになった股間部分から顔を上げて、アイリーンがいやらしく微笑む。

「ズボンに染みこんだご主人様のエキス、とってもおいしいです」

「アイリーンのほうがヘンタイじゃないか。この淫乱メイドめ」

「お褒めいただき光栄です。……ンッ！」

淫乱と言われて喜ぶアイリーンの頬を、やっとのことでビヨンと跳び出した肉棒が叩いた。

隙を見て、クリスティーナが下着ごとズボンを一気に下ろしたのだ。

「ヤスアキ様、お待たせしましたわ」

「偉いぞ、クリスティーナ」

ちゃんと口だけでズボンを脱がしたクリスティーナの頭を、ご褒美に撫でる。

「それじゃ、あらためて咥えてくれ」

「あっ……」

俺がクリスティーナのほうへ腰を動かすと、アイリーンが名残惜しそうな声を上げた。

「はいっ……ぱくっ」

クリスティーナは嬉しそうに肉棒を咥え込む。亀頭部分が温かな口内に含まれる。

先程までとは違う直接的な快感に、焦らされた分大きく反応してしまう。

「おひんひん、ひくってひまひたわ」

カリ首のところで、クリスティーナの唇が動く。

「ちゅぽんっ……おちんちん、もっと大きくなりましたわ」

肉棒を口から出すと、次は舌先でちろちろと舐めていった。

クリスティーナの舌が長く伸びて、裏スジを舐め上げる。

「ご、ご主人様ぁ……」

生のペニスを前にお預けを食らっていたアイリーンが、切なそうな声を上げた。

彼女の口からは、もうよだれが溢れている。今すぐちんぽを咥えたくて仕方がないっていうドスケベ顔だ。

「いいぞ。それじゃ、ふたりで咥えるんだ」

「はいっ」

頷いたクリスティーナが顔をずらし、横側から幹の部分をしゃぶる。

アイリーンはぱあっと顔を輝かせて、俺の肉棒へと飛びついた。

「おちんぽぉ！　はむっ、ぢゅるるるるるっ！」

「あっ、こら、アイリーン！」

焦らされていた彼女は、正面から肉棒を咥えた瞬間、強く吸い込んだ。

急なバキュームに慌てる俺に構わず、彼女は肉棒をしゃぶることに熱中しているようだ。

「じゅるっ、れろ、おひんぽ、おいひいれすっ！」

「わわっ。アイリーンさん、すごいですわ」

貪欲なアイリーンに、クリスティーナはうっとりと言った。

クリスティーナが一旦口を離しているのを確認して、俺はアイリーンにお仕置きすることにした。

「少しは落ち着け、この淫乱メイド！」

「じゅぶれろ、ごふっ！」

腰を突き出して、彼女の喉まで肉棒を強引にさし込んだ。

俺のちんこと、アイリーンの喉ちんこがぶつかる。

「んぐっ、こふっ！　ぐっ、じゅぶぶぶっ！」

アイリーンがえづき、少しやり過ぎたかと反省した瞬間、彼女はそのまま肉棒を吸い込み始めた。

彼女のエロさを甘く見ていたようだ。

「わたしも負けませんわっ」

アイリーンにあてられて、遠慮がちだったクリスティーナも本来のドスケベさを取り戻していく。

ふたりで亀頭部分を舐め始めた。

「れろ、ちゅっ。じゅるっ、ぺろ」

「はむはむっ。唇でおちんちん挟まれるの、気持ちいいですか？」

左右から横向きに肉棒を舐められていく。ダブルハーモニカフェラだ！

美少女ふたりが、俺の肉棒を挟んでキスしているようにも見える。

「う、あっ」

幸せすぎる光景と刺激に、俺は思わず声を上げた。

「ご主人様の顔、とってもセクシーになってます」

「ヤスアキ様、もっともっと気持ちよくなってくださいね？　れろっ」

ふたりに奉仕されてあふれ出した我慢汁が、そのまま舐めとられる。

舌先で尿道に侵入されて、出てくる前の我慢汁までほじくり出された。

もう一本の舌は裏スジを刺激したり、亀頭部分を這い回る。

「ぷっくりと膨らんできました。ほら、こんなにパンパンになって……」

唇が亀頭を挟み込んで圧迫する。押し出すような、ほどよい刺激に肉棒が跳ねた。

「硬くて力強いおちんぽの形が、口だとはっきりわかります。これがあたしの膣内をかき回した、凶暴おちんぽ……」

「そろそろですね、ヤスアキ様。おちんちんがエッチなお汁を流しながらお願いしています」

クリスティーナの言うとおり、俺はもう限界だった。

「ご主人様、おもいっきりイっちゃってくださいね。はむっ、れろれろ」

クリスティーナが亀頭を咥え込んで吸い込み、アイリーンは横から竿を咥えて左右にしごき始める。

「じゅるっ、ちゅぅぅ！　んっ、れろ、ぢゅるるるるるるっっ！」

ビュルルルルルルッ！

熱い塊が肉棒を駆け上って、勢いよく放出された。

美少女ふたりのフェラでする射精は最高だ。

「おちんぽ、びくびくいってるのがわかります」

「んぐっ、ごきゅ、んくっ！」

先っぽを咥えていたクリスティーナが、大きく喉を鳴らしながら精液を飲み下していく。

「あたしもザーメン欲しいですっ」

それを見たアイリーンが、俺の肉棒に飛びついた。クリスティーナがまだ口内に残る精液を飲み込むのを見ながら、俺はアイリーンに肉棒を激しく吸われ続ける。

「ちゅるるるるるっ！」

尿道に残った精液を、ストローのように吸われる。発射直後の敏感な亀頭には強すぎる刺激だが、痺れるような快楽の中ではそれさえも気持ちいい。

「ふにふに、ちゅるんっ！」

押し出すように肉棒を刺激しながら、最後の一滴までアイリーンが搾り取る。

ようやく解放された肉棒は、小さくなる暇などなく硬いままだ。

これだけの快感でも満足しないなんて、俺の肉棒もすっかりわがままになってしまったようだ。

幸い、ここではその欲望を満たすことが出来る。

力を失わない俺の肉棒に気付いて、ふたりがうっとりと見とれる。

「ご主人様ぁ……」

アイリーンが切なそうに、腿をぎゅっと閉じてもじもじしている。

「わたしのアソコ、もうこんなに濡れちゃってます」

クリスティーナは立ち上がり、裾をまくり上げた。彼女の下着もぐっしょりと愛液に濡れて張り付き、エッチな女の子の形を赤裸々に晒している。

「もちろん、俺もまだ満足なんてしてないぞ」

俺は思わず舌なめずりをしてしまう。

ドスケベな美少女ふたりを、とことんまで楽しんでやろう。

夜はまだまだ長い。

十八話　そのままW騎乗位

後ろからの征服感もたまらないが、下から覗き込むというのも悪くないかもしれない。

「好きに跨がれ」

俺はそのまま横になって、ふたりに告げる。

「ヤスアキ様……ごくっ」

唾を飲んだクリスティーナが、おずおず、といったように立ったまま俺の顔を跨いだ。

そうすると、彼女の細い足とその奥の割れ目がはっきりと見える。

乱れているとはいえ、服は着ているのだ。

その状態で秘裂が丸見えであるという非日常感が、興奮に繋がる。

「んっ……わたしの大事なところ、ヤスアキ様に覗き込まれてますっ……」

「ああ。愛液をこぼし始めているのまで丸わかりだぞ。このドスケベが」

「やんっ、そんな……」

恥ずかしがる声を上げながらも、じゅわっと蜜があふれ出す。

その愛液が俺の顔にかかる。みだらなメスのエキスだ。

「あっ、ごめんなさい」

「いや、構わないさ」

口元にたれ落ちた愛液を舐めとった。

「あぅ……ヤスアキ様……わたしのエッチな姿、もっと見てください」

クリスティーナが俺の顔に向けて、腰を下ろし始める。

はしたないがに股になって、股間を見せつけるようにした。

「んっ……」

鼠径部のくぼみもはっきりと現れてくる。

「そのまま、指で開いてみろ」

「はい……んっ、これで、んんっ！　そんなに見ないでください」

クリスティーナの指が、自分のアソコをくぱぁと押し開いた。

開かれた花弁は蜜を溢れさせて、その奥の内側までを俺の眼前に晒している。

「ご主人様は本当、ヘンタイですね。おちんぽ、ぴくって跳ねてますよ？」

アイリーンが股間のあたりに跨がって、俺の肉棒に手を添えた。

「あたしは素直に、こちらをいただきますね……アッ、ンッ！」

肉棒が生温かい感触に包まれる。先っぽからゆっくりと、蠢く膣内に飲み込まれていく。

アイリーンが騎乗位で挿入したのだ。目が合うと、彼女はいらやらしく微笑んだ。

「ご主人様のおちんぽ。あたしのおまんこが飲み込んじゃいました」

ぺたりと女の子座りをして、アイリーンが俺の股間に跨がっている。

「よそ見、しないでくださいっ」

「んぷっ！」

クリスティーナが腰を下ろして、股間で俺の顔をふさいだ。

密着したまま、女の子のフェロモンをめいっぱい吸い込む。

「あうっ……ヤスアキ様のお顔に跨がっちゃいました。わたしのアソコが、ヤスアキ様の顔に密着して……んっ！」

「ふふっ、ご主人様。顔に乗られて、おちんぽがあたしの膣内で跳ねましたよ？　女の子のエッチなところに支配されちゃうの、結構好きなんじゃ……アゥンッ！」

生意気なアイリーンは、腰を跳ね上げて黙らせる。主導権を譲る気など最初からない。

俺はそのまま腰を動かして、彼女に思い知らせる。

「アッアッ！　ンッ、待って、いきなりおちんぽでグリグリ、イィッ！」

クリスティーナは俺の顔に跨がったまま、腰を前後に振り始める。

淫花を俺に押しつけて、擦りつけるようにしてきた。

「んっ……わたし、ヤスアキ様のお顔で、あふっ、オナニーしてますわっ！」

そんな彼女の股間に、俺は息を吹きかける。俺の存在を思い出させるように。

「ひゃうっ！　温かい息がアソコにかかって、ふぅんっ、湿っちゃいます……」

「もうとっくに濡れてるじゃないか。こんなに愛液をこぼして」

秘裂を広く舐め上げると、顔の上で腰が跳ねた。

「あうっ！　ダメぇ……ヤスアキ様が、わたしのおまんこ舐めてるぅっ！」

「ンッ、あたしも負けてばかりじゃありません。おちんぽ締め上げちゃいます」

「ぐぅ、ん！」

アイリーンが膣をぎゅっと締めて、俺の肉棒をむさぼり始める。

「硬いおちんぽが、あたしのおまんこをぐいぐい広げてっ、アンッ！」

うかうかしていると、このままアイリーンに絞り尽くされてしまう。

俺はクリスティーナを気持ちよくするために、舌を伸ばした。

クリトリスを見つけだし、そこを舌でツンツンと刺激する。

「あうっ、そこ、もっとぉ……んんっ」

彼女が股間を俺に強く押しつけて催促してくる。

期待に応えるように舌で包皮を剥いて、むき出しの肉芽を舐め上げた。

「んあぁぁあっ！　それ、あっあっ、ぁめっ！　イクゥゥ！」

顔の上で、クリスティーナがビクンビクンと絶頂した。

イった瞬間がダイレクトにわかり、俺は満足感を得る。

「ごくっ……クリステイーナ様、とてもエッチです」

陶酔したようなアイリーンの声と共に、思わず体を乗り出したのだろう。

挿入されている俺の肉棒が強めに前側に引っ張られ、裏スジ部分が膣壁に擦り付けられた。

「クリスティーナ。アイリーンが、もっと気持ちよくなりたいってさ」

「はい……ヤスアキ様」

とろん、とした声で答えると、クリスティーナも身を乗り出して、アイリーンの胸に手を伸ばした。細い指がおっぱいを揉み込んでいく。俺の指で荒々しく形を変えるのも素晴らしいが、女の子の指に揉まれるおっぱいというのもいい。

「アッ、待って、クリスティーナ様、なんでそんなっ」

「おっぱいはこうやって、こねるように揉まれると気持ちいいでしょ？　自分ので慣れてますから。それにこうやって乳首を、コリコリって」

「ヤッ、ンンッ！」

俺の上で行われているレズプレイ。美少女ふたりの痴態を見せつけられて、興奮しない男などいないだろう。

アイリーンも満足しているようで、快感に膣壁がぎゅっぎゅっと締まる。そこを強引に突き上げながら、クリスティーナのほうも忘れちゃいけない。

クリスティーナのクリトリスを舌先で圧迫して、円を描くように舐め上げていく。

「んおぉぉおっ！」

刺激が強かったのか、クリスティーナが低い声で喘ぐ。背をピンとそらして、全身に力が入ったようだ。

「アウゥゥウッ！　そんなに強く掴まれたらァッ！」

その拍子に胸や乳首を強く潰されて、アイリーンが嬌声を上げる。

痛いほどの刺激も、既に感じまくっているアイリーンにとっては快感みたいだ。

「あっ、ご、ごめんなさい。大丈夫ですか？　れろっちゅ」

「ンハァアアァッ！　ま、待って、待ってくだヒャイイィッ！」

心配したクリスティーナが、癒やすようにアイリーンの乳首を舐めた。立て続けに加えられる快感にストップをかけようとしたアイリーンに、すかさず俺も腰を突き上げて膣内をかき回す。

「アアッ、もう、だめ、イク、イッ、アアァアァァァッ！」

ふたりから責められて、アイリーンが果てた。膣内が激しく蠕動して肉棒を求める。

クリスティーナにちゃんとご褒美をあげないとな。

俺は彼女の陰核を舌先で転がして刺激していく。快楽を求めるためだけに存在する、いやらしいメスの器官を責め立てる。

「んほぉ！　らめぇっ……！　そこ、気持ちよすぎるのぉっ！　おぅっ！」

舌を膣にねじ込んで淫蜜を掻き出す。肉棒よりも小回りのきく速い出し入れで、内側を責めた。

そしてまた、舌先はクリトリスへと戻った。

敏感な豆を愛撫されて、クリスティーナが嬌声を上げ続ける。

「あふっ、もう、んんっ！　おあぁっ、んぐっ！」

「ご主人様……逃がしませんよ？」

復活してきたアイリーンが、激しく腰を振り始める。

「おちんぽ、おちんぽぉ！　あたしの中に、ザーメンたくさんぶちまけてっ！」

「ヤスアキ様、ヤスアキ様っ！」

クリスティーナが強く股間を俺に押しつけてきて、こちらの腰使いも終局へと向かい。

限界の近い俺は、このままふたりをイかせるためにラストスパートをかける。

舌先ではクリスティーナの淫核を刺激して、アイリーンのほうには全力で腰を突き上げる。

「んほぉぉぉ！　舌が、おおぅ、イッグゥゥゥゥッッ!!」

「うぶっ！」

クリスティーナが絶頂して、全身に力が入る。太ももに挟み込まれた俺の顔は、吹き出す愛液を浴びながら彼女の股間にふさがれる。

濃いメスのフェロモンに当てられて、限界だった俺の肉棒が爆発した。

「アゥアァァァァァッ！　ご主人様のザーメン、あたしの膣内にビュクビュク出てますっ！　おちんぽも激しく跳ねて、中出しザーメンでイクゥゥゥッ！」

俺の射精を受けて、アイリーンもイったようだ。

射精中の肉棒から精液をすべて搾り取ろうと、肉壁が収縮して吸いついてくる。

激しいプレイを終えて、俺はそのまま大の字になった。

「また、三人でしましょうね」

ふたりも、そのまま俺の横に寝そべった。

「ああ、そうだな」

両側を美少女の柔らかな感触に包まれて、今晩は気持ちよく眠れそうだ。

十九話　ひとりで気ままに街を散歩

それからも、何事もなく旅が続いていく。

俺たちは今回も補給のために、新たなの街へと立ち寄った。

満足しつつも少し物足りない俺は、買い物をふたりに任せて、少し街をぶらついてみることにした。ある程度慣れたとはいえ、俺はまだまだ知らないことばかりだ。

物資補給のために大きめの街を選んだから、賑やかで人通りも多い。

店も多く並び、見たことのないアクセサリーなんかも売っている。

「お、おにいさん！　ウチの果物は甘いよ？　買っていかない？」

俺は売り込みに軽く手を振ると、そのまま歩き続ける。

この街は店主たちもフレンドリーで、やたらと声をかけてくる。

コンビニやスーパーばかり使っていた俺にとっては、少し気恥ずかしい。

元の世界でも活気ある商店街とかなら、こういう感じだったのだろうか。

コンビニもネット通販も確かに便利だったし、なんでも手軽に手に入る世界を懐かしく思うことはある。

だがこの世界では、どんなショップでも決して買えなかったものを手に入れることが出来るのだ。

そう、美女ハーレムだ。

既にクリスティーナとアイリーンという美少女を手に入れた俺にとって、美女ハーレムは決して不可能な夢などではない。

「ねえ、おにいさん、ひとり？　今、暇かしら？」

綺麗に舗装された大通りを歩いていると、結構女性に声をかけられる。

最初は驚きつつも、悪い気はしなかった。

だが、何度も続くと面倒になってくる。

「人と待ち合わせているんで」

軽く手で拒絶の意志を示すと、あっさり去っていく。ナンパ慣れしている感じだ。

この世界では女性側から誘うのが普通らしいから、ナンパも逆ナンが主流なのだろう。

黒目黒髪のせいで、俺はやたらと声をかけられる。

「あ、そこのかっこいいおにいさん！　待って待って！　ね、私と遊ばない？」

「いや、用事あるんで」

「そう言わずにさー」

女性は体をくねらせる。露出されたおなかが、俺の前でたるん、と震える。

彼女はきっとこの世界では、雰囲気美女ってやつなのだろう。

見た目に気を使いつつも、やや男ウケを狙った雰囲気。

しかし、俺にとっては『よく見れば悪くないかもしれないが、ぱっと見はむしろ目を背けたい』ような容姿だ。

「本当、急ぐんで」

すげなく答えて、女たちをかわしていく。

ナンパをしてくるのは、ある程度容姿に自信のある奴ばかりだ。

つまり、この世界では綺麗なのかもしれないが、俺にとってみれば勘弁して欲しい相手。

そんなナンパ女にうんざりしたので、大通りから裏路地のほうへ入ることにした。

「俺も、少し顔を隠して過ごすほうがいいかもしれないな」

建物の影で薄暗く、ひとけもない道で俺は呟いた。

この路地を抜けたら、仮面でも買っておくか。

それにしても、本当に静かだ。

たった道一本入っただけなのに、大通りの喧噪が遠く聞こえている。

「おっと」

道を曲がると、民家に突き当たる。どうやらここは行き止まりのようだ。

俺が踵を返すと、フードを被ったマント姿の人物がこちらへ歩いてきていた。

この辺の人だろうか。俺は路地ですれ違うために体を斜めにする。

しかし人影は俺の前で立ち止まった。

「かっこいい人が、こんな路地裏にいると危ないですよ」

女性の声だ。この世界だと、男のひとり歩きのほうが襲われるってことか。

少し不思議な気分だが、俺は素直に頷いた。

「ありがとうございます。それじゃ」

そのまま通り抜けようとするが、彼女はどかずに通せんぼする。

「変質者に襲われちゃいますよ」

ああ、これもナンパなのかな、と思った瞬間、女性がフードを外す。

その顔があまりに綺麗で、俺は一瞬固まってしまう。

街中で見せられていたのとは違う、魅力的な容姿だ。

「こんな風に」

「おわっ！」

女性が着ていたマントを脱ぎ去り、俺は思わず声を上げてしまった。

マントの下は全裸だったのだ。

クリスティーナたちには見劣りするものの、大きなおっぱいがぷるんと揺れる。

それなりに細くくびれたウエストも、引き締まったヒップも、しっかりと俺基準で美しい。

その裸体につい見とれてしまう。

路地は薄暗く、周囲はレンガで出来ている。

そこに裸の美女という状態で、クリスティーナと出会った牢を思い出した。

美女がこちらへと笑いかける。

彼女の容姿ならこのままナンパについて行って、旅の思い出としてお持ち帰りされてもいいと思えた。

一瞬流されそうになり、すぐに考え直す。

さすがに、痴女の相手をさせられるのは困るな。

俺は一歩後ずさる。

美女は魅力的な体を見せつけながら、俺のほうへにじり寄ってきた。

「ごくっ。……ほら、もっとよく見て？」

逃げ腰の俺に気をよくしたのか、彼女はおっぱいを揺らしたり腰をくねらせたりしながら近寄ってくる。

俺の視線はどうしても彼女の裸へと吸い寄せられてしまう。

見せつけることで興奮しているのか、彼女の割れ目は水気を帯び始めていた。

「ぐっ……」

こんな状態なのに、美女に裸で迫られるというシチュエーションのせいで股間が反応してしまう。

俺はこっそり前屈みになりながら、逃げようと隙をうかがった。

しかしめざとく勃起を見つけられ、美女の顔に喜びが浮かぶ。

「もしかしてそれ、私の体を見て大きくしたの？」

舌なめずりをしながら、美女が俺に迫る。俺は後ずさっていくが、後ろは行き止まりだ。

俺の顔と股間を交互に見ながら、美女は息を荒くしていく。

「ああ、もう我慢できない。おにーさん、レイプさせてね！」

美女はそう言うと、襲いかかってきた。

意を決して、俺は彼女の横を通り抜けようと走り出す。

だが、狭い路地だ。通り抜けることが出来ずに、腕を掴まれてしまう。

細い女性の手。一瞬驚きはしたが、どうということはない。

振り払おうとした瞬間、カチッという硬い音と共に手首に何かが付けられる。

慌てて振り向くと、それは手錠だった。

金属ではないようだが、刃物ももっていない俺では外せない。

驚きで、行動が止まってしまう。それは致命的な隙だった。

手錠のもう片側が素早く配水管のようなものに取り付けられ、俺は片手を吊られて逃げられなくなってしまう。

「おにーさん、捕まえた。楽しいこと、しましょ？」

彼女は捕まった俺へ、嬉しそうに迫る。

「今なら誰にも言わない。俺を解放するんだ」

引っ張ってみても外れそうにない。この美女に外してもらうほかないようだ。

「だーめ。おにーさんは今から私にレイプされるのっ」

楽しそうに美女が言い、その手がこちらに伸びる。

俺は自由なほうの手を振り回して牽制するが、片腕を固定された時点で勝ち目はなかった。

残った腕も拘束され、両手をバンザイの形に固定されてしまう。

「さ、これでもう逃げられないわよ。観念しなさい」

囚われた俺を見て、美女は満足げに微笑んだ。

壁に背を預け、手を吊られた姿勢だ。

そうするとまともに腰を引くことも出来ず、股間の膨らみは隠せない。

美女の目がズボンを押し上げている俺の肉棒へと向く。

浮かべた笑みを下卑と表現すべきなのだろうが、妖艶というほうがふさわしい気がした。

「これからレイプされるのに大きくしてるなんて……おにーさん、男なのにエッチなのかな？」

全裸の美女が顔を近づけて、俺の耳元に囁く。

香水なのか、甘ったるい匂いがする。その匂いが、俺の頭をぼーっとさせた。

裸の胸が押しつけられて、柔らかな感触が与えられた。

「そんな淫乱ちんぽは、私がいーっぱいかわいがってあげるね？」

レイプ犯に囁かれて本来なら恐怖を感じるべきところだが、俺にとっては美女からのお誘いだ。

ついつい期待してしまうというのも、男の性(さが)だろう。

「じゅる……それじゃ、いただきまーす」

舌なめずりをした美女の手が、俺の体に伸びてきた。

二十話　痴女のパイズリフェラ

囚われた俺の体に、美女の手が伸びる。

彼女の手が服の上から俺の胸をなぞった。

「あはっ。男の人の体だ。こんなにたくましくて、頼りがいがありそうで……」

その手が徐々に下におりていく。腹筋のあたりを焦らすようになで回す。

細い指が軽く腹筋を押して、へその下へとおりていった。

下っ腹を通り過ぎて、膨らんだ股間の先っぽをぎゅっと押される。

「はい、到着。おにーさんのちんぽ……って、え、これ本当に？」

彼女の両手が俺の股間に伸び、ズボンの上から形を確かめるように撫で回される。

もどかしい愛撫に、俺は立場も忘れて「早くしろ」と言いかけた。

「おにーさん股間に何入れてるの？　なんかすごい大きくて硬いんだけど。見てみれば早いか」

美女はためらうことなく、俺のズボンを下着ごと勢いよくずり下ろした。

ぶるん、と跳び出した肉棒に彼女は驚き目を丸くした。

「嘘……これ、本当におにーさんのちんぽなの？　本物？」

彼女の手が俺の肉棒を引っ張ったり、揺さぶったりする。

痛くはないが、そこまで気持ちよくもない。

肉棒をおもちゃにされるシチュエーション自体は構わないが、どうせやるならちゃんと気持ちよくしてもらいたい。

……いや、そうじゃない。俺は逃げないといけないんだ。

「おい」

声をかけると、美女は驚きながらこちらに顔を向けた。そしてすぐに肉棒から手を離す。

「もうでちゃいそうなの？　まだダーメ。これから、気持ちいいことしてあげるからね？」

痴女はねぶるような目を俺に向ける。

あくまでも今の俺は、彼女が欲望を満たすための被害者なのだ。

「ほら、これから私のおっぱいで、おにーさんのちんぽをくにくにしてあげるわね？」

荒い息で迫ってくる。そしてその豊かな乳房で、俺の肉棒を挟み込んだ。

くにゅん、と柔らかく形を変えるおっぱいに、俺の肉棒が包まれる。

魅力的な感触が、ぴったりとペニスに吸いついてくる。

「あはっ。どう？　いきなりちんぽをおっぱいに挟まれちゃった気分は」

「ぐっ……」

気持ちよさで上げた声を、彼女は勘違いしたみたいだ。

「悔しい？　恥ずかしい？　おにーさんのちんぽは私の胸に捕まっちゃってるよ？」

彼女は、胸からはみ出た俺の亀頭をうっとりと見つめる。

「それにしても、こんな大きいちんぽ初めて見たわ。硬さもこんなに……んっ、熱く、私のおっぱいを跳ね返してくる」

嗜虐的な笑みを浮かべて、美女は俺に言葉責めをしてくる。

「エッチなことばかり考えていたから、おにーさんのちんぽはこんなに大きく成長しちゃったの？　おっぱいからはみ出して、亀さんをこんなに膨らませて……れろ」

「うあっ……」

彼女の舌が、俺の亀頭を舐め上げる。突然の刺激に出た声は、彼女をより興奮させてしまったみたいだ。

「わっ、エロい声。ふふっ、もっとその声、聞きたいな。ちゅっ、れろ」

胸を両側から押し潰して、中の肉棒を締めつける。

舌はちろちろと亀頭を舐め回した。

痴女からのパイズリフェラで俺の肉棒が跳ねる。

「どう？　気持ちいい？　おっぱいと舌でちんぽをいじめられて、感じちゃってる？」

「…………」

俺は快感を耐えながら、無言で彼女を見た。

痴女にされるがままであることを、理性はまずいと告げている。

だが本能は、美女から与えられる気持ちよさを楽しめばいいと感じていた。

「だんまりなの？　でも、れろ……ちゅ、はむっ。むにむに」

美女の舌が裏スジやカリ首の傘部分を丁寧に舐め上げていく。

両手で自分の胸を押し上げて、ぎゅむぎゅむと竿部分に刺激を与えていた。

「強情なんだ？　だけど、ちんぽは正直みたいだよ？　ほら、おにーさんの大きくてエッチなちんぽから、我慢汁がどんどん溢れてきてる。ちゅう……ぺろ」

ぴちゃ、ちゅるっ。

彼女の唾液と俺の我慢汁で、卑猥な水音が響き始める。

胸の谷間に混ざった液体が溜まり、揉み込むときに落ちて胸全体を濡らしていった。

俺はもう、気持ちよさに身を任せるほうに傾いていた。

彼女も、満足すれば俺を解放するだろう。

好きなだけ俺の肉棒をしゃぶって、胸を押しつければいい。

「ん……ちんぽおいしい。おっぱいやけどしそう。あっ、ぴくってした。おにーさん、レイプされて感じちゃってるんだ。私の口とおっぱいで、気持ちよくなってるんだ……」

上下に胸が振られて、肉棒が柔肉にしごき上げられる。

「あんっ！　乳首が擦れてっ……！」

「ぐぅっ！」

感じた拍子に彼女の体が不規則になる。それによって、大きなおっぱいがぶるんと震えた。

予想外の快感に俺の腰が跳ね、手錠ががちゃがちゃと音を立てる。

それがさらに彼女を興奮させて、快楽のスパイラルに落ちていく。

「おにーさんもすっごい感じちゃってるんだ？　ちんぽがおっぱいの中でビクビク震えてるよ。れろっ……我慢汁もどんどん溢れてくるし」

「こんな風にされれば、当然だっ……！」

「そうかな？　普通の男の人は、レイプなんて嫌なだけで、ちんぽも小さくなっちゃうんじゃないの？」

　そんなわけあるか、と俺は思う。

　美女のパイズリフェラなんて、誰だって興奮してしまうだろう。

　柔らかなおっぱいに肉棒を挟まれて、それがいやらしく形を変えるんだ。俺を気持ちよくするために自分の胸でペニスを揉む美女の姿を見せられたら、たとえ射精直後でも勃起してしまう。

「あはっ。ちんぽ、すっごい喜んでるよ？　おにーさんはレイプされて、言葉責めされて、感じちゃうヘンタイさんなんだね」

「言ってろ」

「ふふっ、怒ったって説得力ないよ。聞いてよ、クチュクチュって。おにーさんの淫乱ちんぽがエッチな音を立ててるの。ちゅぱっ」

　肉棒が跳ねると、彼女のおっぱいがそれを追いかけて挟み込む。

　逃がさないようにぎゅっと力を入れられると、肉棒への締めつけが強くなる。

「逃げようとしてもダーメ。おにーさんのちんぽはこのままイかされちゃうんだよ」

「この……ビッチめ……」

　快感を耐えながらはき出された俺の言葉に、彼女は嬉しそうに応える。

「そうだよ。そのビッチにパイズリフェラされて、おにーさんはぴゅっぴゅってザーメン撒き散らしちゃうんだよ。れろ……」

　彼女が亀頭をなめ回しながら、胸の動きを速くする。上下に擦り上げられると、射精感が高まってくる。

さらに両側から挟み込むように圧迫してくる胸の感触が俺を襲う。

「ほら、ほらほら、見ず知らずの女にレイプされて、無理矢理感じさせられて、イかされちゃうんだよ？」

興奮気味に俺を煽ってくる美女の姿は、とてつもなくエロい。スケベな美女は嫌いになれない。

「ああっ！　いいっ。いいよその表情っ！　感じてるのを頑張って耐えている男の、セクシーな顔。んっ、そんな表情見せられたら、私のおまんこもきゅんきゅん疼いちゃうっ！」

シュッシュッ、ふにゅっ！　れろ、ちゅ。じゅるっ！　にゅぽにゅぽっ！

美女が追い込みをかけてくる。互いの体液でびしょびしょに濡れたおっぱいが、肉棒を責め立てる。

「悔しいよね!?　恥ずかしいよね!?　だけど、感じちゃうんだよね!?　わかるよっ。ぺろ、れろちゅ。おっぱいでおちんぽちゅぷちゅぷ挟まれて、嫌なはずなのにちんぽはむずむずしてきて、はしたないお汁を溢れさせて、それでも解放してもらえなくて……耐えきれずに射精してるとこを見られちゃうんだよ！」

寄せ上げられる胸がくにゅくにゅと俺の肉棒を圧迫する。

美女は興奮で顔を真っ赤にしながら、俺への言葉責めを続けた。

「黙ってたって、ちんぽはこんなに喜んでるんだよ。大きなおっぱいなんかに挟まれて、感じちゃってるんだよっ！　でも、しかたないよね？　おにーさんはエッチなことばかり考えて、こんなに大きなちんぽに育っちゃった淫乱なんだからっ！」

叫んで舐める間にも、彼女の荒い息が俺の肉棒に吹きかけられる。

直接的な快感に加えて、美女がこれだけ必死に俺をイかせようとしている姿にも興奮してしまう。

そろそろ限界だ。俺は美女の口へと狙いを定める。

「ちんぽがぷくって膨らんできたよ？　イクの？　もうイっちゃうの？　私に襲われて、ザーメン出しちゃうの？　ほら、ほらほらっ、イっちゃえっ！」

「ぐっ、出るっ！」

「あはっ。おにーさん、イかされ、うぷっ！」

ドピュッ！　ビュクビュクッ！

俺は腰を突き出して、肉棒を彼女の口へと押し込んだ。

そして温かな口内で欲望を爆発させる。大量の精液が彼女の口で跳ね回った。

いきなり口内射精された彼女は、はき出された精液の多さに耐えきれなかったようだ。

「んぶっ、んぐっ、んんー！　ごほっ、けほっ。はぁ……はぁ……」

一部を飲み込みながらも、咳き込んだ拍子に精液が飛び出した。

口から精液をあふれ出させている美女というのは、悪くない。

俺は射精の快感で脱力して、手錠をならしてしまう。

苦しそうな美女の口からは、精液がどろっと地面へと落ちる。

彼女は呼吸を整えながらこちらを見上げる。これじゃ、どっちがレイプしたのかわからないな。

しかし彼女は、すぐに笑みを浮かべて立ち上がる。

「私の口から溢れちゃうほど射精するなんて、本当にエッチな男ね」

彼女の手が、出したばかりの俺の肉棒を掴んだ。

二十一話　立ちバックで犯される

美女は射精したばかりの俺の肉棒を掴んだまま、挑発的に笑いかけた。

「どう？　襲われてイかされちゃった気分は？」

率直に言えば、とても気持ちよかった。

今も彼女の手は、さすさすと肉棒を擦り上げている。射精直後の肉棒にはちょうどいい、緩やかな刺激だ。

「あんなにいっぱい出したんだもの。とっても気持ちよかったってことでしょ？　最後は自分から腰、突き出してたもんね？　知らない女にいじられて、気持ちよくなって腰ふって、射精しちゃって……おにーさんは本当に淫乱なんだね」

この世界ではそういうことになるのかもしれない。だが、俺にとってはこうして責め立てている彼女こそがスケベだ。

肉棒から手を離した彼女が俺の腿を掴んで、そこに自分の腰を擦りつける。

盛り上がって柔らかな恥丘の感触とともに、愛液が塗り広げられた。

「まだ許してあげないわよ？　おにーさんのエッチな姿を見ていたら……んっ！　私のおまんこもほら、こんなにぐちゅぐちゅなの」

彼女は俺に背を向けると、ぐいっとお尻を高く上げた。

準備の出来た秘所を、彼女自身の指が押し広げる。

「一度イった男の人には辛いかもしれないけど、ごめんね。私、もう我慢できないの。おにーさんの淫乱ちんぽが欲しくて、おまんこ切なく疼いちゃってるの」

俺のほうも準備は出来ていた。

腕を吊られているせいで少し高めにある俺の肉棒に合わせるために、彼女の腰は思いっきり上げられている。

その姿勢だけでもエロいのに「耐えきれない」とねだるようなことを言われたら、肉棒は反応してしまう。

彼女は片手で俺の肉棒を支えながら、後ろに下がって膣へと導いていく。

「んっ……あっ、おにーさんの大きなちんぽが、入ってくるぅっ！」

じゅぷ、ズッ、ズブッ！　っと肉棒が膣内を割り入って飲み込まれていく。

「ちんぽ太いぃっ……！　私のなかが、ぐいぐい押し広げられてっ……！」

肉棒を中程まで飲み込んだところで、彼女は止まった。

そしてこちらを振り向いて、嗜虐的な笑みと共に言う。

「ふふっ、どう？　おにーさんの太い淫乱ちんぽが、私のおまんこにすっかり飲み込まれ……んあ
あぁぁぁぁっ！」

俺は勝ち誇ったような彼女の間違いをただすために、腰を突き出して肉棒を奥まで押し込んだ。

突然突かれた彼女は、はしたなく嬌声を上げて背をのけ反らせた。

「う、嘘……こんな、んうっ！」

少しだけ腰を引いて、もう一度突き出す。

手が繋がれているせいで、ほとんどこちらからは動けない。このくらいが精一杯だ。

それでも、油断していた彼女には効果的だったようだ。

「私の中、全部ちんぽで埋まってるぅ……。すごすぎるよぅ。こんな、こんなっ……！」

彼女が腰を振り始める。高さがきついのか、ときおり下に引っ張られるような感覚がある。

これはこれでアクセントとして気持ちいいが、彼女のほうは大変だろう。

「おい。俺の手錠を外せ。そうすればこっちから腰を振ってやる」

どの道、このままおあずけなんて俺も困る。それに先程好き放題された分の仕返しだってしたい。

だが、彼女にその意図は伝わらなかったようだ。

「だめぇ……淫乱ちんぽ、しゃぶり尽くすのぉ！　逃がさないんだから。極太ちんぽぉ！」

彼女は後ろ向きで、俺に激しく腰を打ちつける。

肉付きのいい尻が、俺の腰にぶつけられて気持ちのいい音を立てる。

「あっあっ、ダメ、んぅぅ！　なにこのちんぽ！　こんなの反則ぅ！　おまんこの奥までぐいぐいきてるっ！　このドスケベちんぽぉ！」

「お前のほうこそ、俺の肉棒を搾り取るみたいに動いて……この淫乱めっ」

「しかたないのぉっ……！　こんなちんぽ入れられたら、我慢できるわけないのっ！　あっあっ、ぁめっ、イっちゃ、イっちゃうぅぅぅっ！」

ビクビクっと体をのけ反らせて、美女が絶頂した。

それに合わせて、膣壁がきつく収縮して肉棒を締めつける。

「あぁぁ……イかされた……。極太ちんぽにイかされちゃった……」

イったばかりのはずなのに、彼女は腰を止めない。さすがは痴女だ。

「まだ大きいまま、淫乱ちんぽ、もっと味わうのぉっ！」

「お、おい……」

強引すぎる腰使いに、俺はさすがに声をかける。

すると彼女は振り向いて、こちらをにらみつけて叫ぶ。

「おにーさんが悪いの！　こんなエッチなちんぽしてぇ！　誘ってるんでしょう！　この、ちんぽでぇ！　女を惑わす悪いちんぽ！　おしおきなんだからぁっ！」

次々あふれ出る愛液で抽送はスムーズだ。

そうなると彼女の乱暴な腰使いも、心地いい快楽として伝わってくる。

「気持ちいいんでしょ!?　この淫乱ちんぽっ！　こうやって乱暴に犯されたかったんでしょ!?　無防備に路地裏なんかにいてっ！　誘ってたんだっ！　大きなちんぽぶらぶらさせて！　襲ってくださいって言ってたんだっ！」

勝手なことを言いながら、美女は腰を振り続ける。

ヒダが蠕動して、肉棒に絡みつく。

接合部からは体液が飛び散って、俺の足や地面を汚していく。

「ほらっ！　感じてるっ！　ん、あうっ！　私の膣内で、ちんぽ膨らませてっ！　あっあっ！　犯されて感じてる淫乱ちんぽ！　ものほしそうに私の膣内をぐちゃぐちゃにかき回す、ドスケベちんぽぉっ！」

彼女はどんどん盛り上がって乱れていく。

気持ちよさは申し分ないが、こうなってくると手を使えないのがもどかしい。

彼女をもっとぐちゃぐちゃに乱れさせてやりたい。

「あふっ！　も、ダメっ！　またイク。太くて硬いちんぽで、ふぁあぁぁぁぁっ！」

激しく声を上げながら体を震わせる。

性欲をもてあましたメスの、獣のような乱れっぷり。

せっかくなら、もう少したきつけてみるか。

「もう満足だろ？　そろそろ解放してくれ」

そう言いながら、俺は腰を引く。もちろん、囚われている俺に肉棒を引き抜くことは出来ない。

それでも彼女はぎゅっと股を締めて、俺の動きを阻止した。

「もっと、もっとするのぉ！　淫乱ちんぽしゃぶり尽くすんだからぁ！　おにーさんの金玉、空っぽになるまでザーメン絞りとって楽しむのぉっ！」

「うおっ！」

どこにそんな力が残っていたのか、彼女の腰がさらに速く動き出す。

今度は足を締めているせいで、膣内もきつく抵抗が大きくなる。

カリ首が膣内のヒダに引っかかるのを、強引に引きはがして腰が動く。

「ほらほらほらぁ！　おにーさんも気持ちいいんでしょ？　ちんぽ壊れてびゅーびゅーザーメンこぼしちゃえっ！　あっ、んうぅっ！　壊れる、淫乱ちんぽにかき回されて、私のおまんこが壊れちゃうっ！」

甘い痺れが肉棒にはしる。膣壁が全力で肉棒をしゃぶり尽くそうと蠕動する。

後先を考えない、獣のようなセックスだ。

「ダメダメっ！　おかしくなるっ！　極太ちんぽがよすぎて、飛んでっちゃうのぉっ！」

激しいピストンに肉をを打つ音が大きく響く。

そこにぐちゅぐちゅという、愛液のみだらな水音が加えられる。

高まった快感が、嬌声もどんどんと大きくしていく。

「あはあぁぁあぁぁぁあっ！　しゅごいのぉ！　こんなにしゅごいと思わなかったぁ！　私が犯してるのに、淫乱ちんぽに何回もイかされるぅぅぅっ！」

その声に混じって、少し遠くから靴音が聞こえる。

「え？　嘘っ!?　誰か来たの？　やばいっ」

彼女が慌てたような声を上げる。レイプの現行犯だ。

だが、射精直前の俺は止まれない。快楽を求めて、腰を突き出す。

「んあぁぁぁ！　ちょ、ちょっと待って、私、もういかなきゃ、あうっ！」

「好きなだけイけっ！」

彼女だって、ここまで来て我慢なんて出来ないはずだ。

その証拠に、逃げるのをやめて再び腰を振り始めた。

「そうじゃないのにぃっ！　淫乱ちんぽが引き留めるからぁ！　しらない、もうしらないいっ！　気持ちよくなるっ！　最後までするのぉ！」

振り切った彼女がめちゃくちゃに腰を振る。

俺も捕まったことを受け入れて、最後のセックスを楽しむように快楽を追い求める。

「あぐっ、もう限界だ」

「出してぇ！　思いっきり、膣内にぃ！」

危機を感じたからか、膣壁が貪欲に精液を求めて肉棒を搾り取る。

射精直前の肉棒に、その刺激は強すぎた。

熱い精液が尿道を駆け上がり、盛大に射精する。

ビュルルルルルルッッ！　っと膣内に大量の精液がはき出された。

「ひぃあぁあぁぁぁぁぁっ！　特濃ザーメンが、子宮をベチベチ叩いてるぅ！　淫乱ちんぽ最高ぅぅぅうっ！」

「はぁ、はぁ……」

力を使い果たした俺の体がくずおれ、引っ張られた手錠が音を鳴らす。

彼女は中出しされた余韻に浸っているのか、小さく肩を揺らしているだけで繋がったまま動かない。

「おい、そこで何してる？」

そのときすぐ側で靴音が止まり、中性的な、透き通った声がこちらに向けて響いた。

二十二話　トレジャーハンターのフィル

「おい、そこで何してる？」

中性的な、透き通った声とともに人影が現れた。

立っていたのは見目麗しい……男だろうか？

こちらの様子を見て、すぐに異常を察知したのだろう。剣を抜き去り、警戒を露わにしている。

堂々とした姿は、場慣れと頼もしさを感じさせた。

「まずいっ」

その姿を見て、痴女が慌てて俺から離れる。

素早くマントを身に纏うと、そのまま駆けだそうとして、転んだ。

激しく交わった直後だから、少し腰にきているのだろう。痴女はそのまま走り去ろうとした。

現れた美青年は、逃げていく痴女と手を吊られている俺を見て、こちらに駆けよってきた。

「大丈夫か？　これはひどい……」

「鍵はあいつがもっているんだ。すまないがあいつを捕まえてもらえないか？」

「いや、ボクが切ろう」

美青年が手にしていた剣を見せる。

確かに、追いかけても捕まるとは限らないし、切ってしまえるならそれでもいいか。

「それじゃ……う、ぁ……」

「どうした？」

吊された手を解放するために、俺のほうをよく見た美青年が頬を染めて慌てている。

その目は、露出された俺の肉棒に注がれていた。

激しい行為の名残として、まだガチガチに硬く、体液に塗れテラテラと光っている肉棒だ。

美青年はちらちらと肉棒へと目を向けている。なんだか、女みたいな反応だな……。

俺の肉棒は、こちらの世界では珍しいサイズらしいから、男同士でも気になるのはわかる。

しかし、少し反応が異質というか……。

美青年のリアクションは『初心な女の子が思わず異性の裸を目にしてしまったとき』に近いような気がする。

「な、なんでもないさ。それじゃ、枷を切るよ」

吊られた腕を解放するために、美青年は俺の正面へ来る。そうなると当然、まだ勃起したままの肉棒がはっきりと見える。美青年はずっと俺の肉棒を気にしているようだ。

「う……じゃあ、いくよ」

美青年の剣はたやすく俺の腕を吊っていた縄を切った。

ようやく解放された俺は、立ち上がってお礼を言う。

「助かったよ」

「あ、ああ。たいしたことじゃないさ。……とりあえず、ズボンを穿いてもらってもいいかな？」

「ん？　ああ、すまんな」

俺はズボンを穿いて、改めて美青年に向き合った。

男に対して言うのも変な話かも知れないが、とても美人だ。

流れるような銀髪に、整った顔立ち。

胸筋を中心に鍛えているのか、細い足に比べて胸板は厚いほうみたいだ。

剣を収めた立ち姿も凛々しい。

「本当に助かった。なにかお礼がしたいんだが……」

「いや、いいよ」

美青年は性格までイケメンらしい。爽やかに断りを入れてきた。

「俺のほうが収まらないんだ。もし迷惑でなければ、何かお礼をさせてもらえないか?」

重ねて言うと、美青年は気持ちよく頷いた。

「それじゃ、一杯だけ奢ってもらおうかな」

その微笑みが好青年過ぎて、嫉妬する気も起きないくらいだな。

俺はフィルと名乗ったその美青年と一緒に、酒場へと向かった。


やってきた酒場は、まだ早い時間だというのに活気に満ちていた。

とはいえ、怪しげな人間ばかりって訳じゃない。この世界では夜中まで働いたりはしないっていうだけだ。生活サイクルの違いだった。

バーと言うよりは居酒屋に近い、大衆的な店だ。

ガヤガヤと喧噪に満ちる店内の、空いている席を探す。日本のように、全部面倒見てくれるって店はまだ見たことがない。

それに――。

「おう！　フィルじゃねえか！」

「やあ。成果はどうだい？」

「上々だな。今日もこうして酒が飲めるくらいには」

がっはっはっ、と豪快な笑い声が近くのテーブルから上がる。

クマのような男がフィルと会話している。

他の卓と気安く交流を持つところも、俺の知っている大衆居酒屋とは少し違うみたいだ。

頼んだ酒が届いて、ふたりで軽く乾杯をしたあとで、さきほどの男が話かけてくる。

「あんちゃんは、見ない顔だな」

「ああ、旅の途中でな」

答えると、男は豪快に笑う。

「ああ、なるほど。あんちゃんもその口か。さっきのフィルはこの細腕だが、名うてのトレジャーハンターだからな」

「へえ、そうなのか」

あらためてフィルを見ながら頷く俺に、男はまるで自分のことのように誇らしく語った。

「おうともよ。フィルの家はトレジャーハンターで名を上げた名家さ」

「お、おい」

豪快に喋り続ける男を、フィルがたしなめようとする。

しかし、酒が回って陽気になった男の口は止まらない。

「だけど、家柄以上に腕がいいのさ。トレジャーハンターなんて職業は、家柄だけじゃ食っていけないからな。その点フィルはばっちりよ。おれたちなんかよりよっぽど稼いでるしな！」

勢いよく背中を叩かれて、衝撃でフィルが机に突っ伏した。

「もっと食えよ、フィル」

「ボクはパワータイプじゃないんだよ……」

困った風な笑みを浮かべるフィルだが、その実、楽しそうだ。

「フィルなら、神界に繋がる迷宮も踏破しちまうかもな」

「神界……？」

聞き慣れない言葉に、俺は疑問の声を上げる。

「お、あんちゃんも興味あるか。迷宮から繋がる神界には、女神様がいるって話だ。……まあ、見た目はあまりよくないらしいけどな。でも女神に会うってのはすげーステータスだ。もっとも、もうずっと誰も会えてないから、半分伝説みたいなもんだけどな」

「ボクは、その女神を探してるんだ」

困った顔をしていたフィルだが、力強くそう言った。

もしかしたらフィルにとっては、女神に憧れのようなものがあるのかもしれない。

「だが、あの迷宮はどんなに腕があってもひとりじゃ厳しいかもな。フィルくらいの腕があれば、仲間さえいればもしかしたらと思うが……」

男が残念そうな顔をしていると、離れた卓から声が掛かる。

「おい、時間だ！　また奥さんに怒られるぞ？」

「おっと、いけね。じゃあまたな、フィル、あんちゃん！　思いっきり冒険できるのも、若いウチだけだからな！」

喋るだけ喋ると、クマのような男は最後まで豪快に去っていった。

男が去ると、急に静かになったような気がした。フィルは上品にグラスを傾けている。

「そろそろ、迷宮に挑もうと思ってるんだ。いつまでも先延ばしにしても、仕方ないしね」

「女神に会うために？」

「うん」

フィルは力強く頷いた。

「女神様って、どんな見た目なんだ？」

俺が興味あるのは、その部分だ。存在がほんとうなら、女神を抱くなんて、まずない経験だ。

「……まあ、あくまで噂話だけれど……見た目は……うん。悲鳴をあげるとか、思わず逃げてしまうとか、そういう感じらしいよ。でも、ポイントはそこじゃないからね」

フォローを入れたようなフィルの言葉。だが、俺はその見た目に興味をそそられる。

この世界の人間が悲鳴をあげる容姿。つまり、俺にとってはものすごい美人ということだ。

よし、決めた。俺も女神に会いに行こう。

「フィルはその迷宮に行くんだよな？　これから」

「うん」

先程の言葉を思い出す。迷宮探険は、単独では厳しいらしい。

「パーティーは組まないのか？」

俺はフィルに問いかけた。

フィルは少し悩んだ後、薄く笑う。

「まあ、見た目のこともあるしね。仲間はなかなか……」

そう呟くフィルにも、寂しさのようなものを感じた。ちょうど俺も美女女神には興味がある。

「なあ、フィル」

「どうしたの？」

俺が問いかけると、美青年は首を傾げた。

「俺のほうもその迷宮に興味がある。だが、あいにく仲間はお嬢様ばかりでな。頼れる仲間がほしいと思うんだ」

そう言って、フィルの目を覗き込む。

「どうだ？　もしよかったら、一緒に迷宮を攻略して、女神に会いに行かないか？」

俺の誘いに、フィルは驚きで目を丸くして、こちらを見つめ返した。

「あの、本当に、ボクを……？」

「ああ。腕がよくてソロのトレジャーハンターなんて、なかなかいなそうだからな」

まっすぐ見つめる俺に、フィルは小さく頷いた。

「それじゃ、俺も一緒に行っていいか？」

「あ、ああ……ぜひ頼むよ」

微笑むフィルが妙に綺麗に見えて、俺は顔を背けたのだった。

二十三話　寄り道で海水浴

フィルを仲間に加えた俺たち四人は、馬車で迷宮へと向かっていた。

その途中、海が見えてくる。

「おお、海か」

身を乗り出して呟くと、馬を操っていたアイリーンが答える。

「ええ。この辺りは場所も辺鄙なので、あまり人がいない穴場スポットなんですよ」

「ほう……」

俺は静かな海を見ながら考える。

海か。

今まではさほど興味もなかったが、今は美女と一緒なのだ。寄り道もいいかもしれない。

俺は馬車の中へ戻り、声をかける。

「みんなで海へ行こう。海水浴だ」

「海、ですか……？」

「海に行くのかい……？」

言葉は似たようなものだが、その反応は正反対だった。

クリスティーナは、驚きつつも楽しそうだ。

それに対し、フィルは嫌そうに返した。

ここまででもそれほど気が張っているような素振りは無かったし、少し意外な反応だ。

海に嫌な思い出でもあるのだろうか？

それとも、実は泳げないとか？

無理強いするつもりはないが、俺としてはクリスティーナやアイリーンの水着姿に興味がある。

俺はフィルの横にしゃがみこんで肩を抱き、ひそひそ声で語りかける。

「海といっても、別に泳ぐ必要はないんだ。な？　一日だけ、いいだろ？」

「か、顔が近いよ、ヤス君っ！」

照れたように頬を染めながら、フィルが軽く抗議する。

ずっとひとりだったせいなのか、フィルはスキンシップに過剰な反応を示す。

クリスティーナやアイリーンには、むしろこの世界の男とは思えないほど好意的なのに。

むしろ、男とのコミュニケーションになれていないのか？

身体的な接触が苦手なのかもしれない。

「なあ、いいだろ？」

それと、フィルは結構押しに弱いことも分かってきた。

組んだ肩を外し、顔をさらに寄せて頼む。

「わ、わかったよ……！　だけど、ボクは水着になったりしないからねっ！」

と、俺の懇願に押し負けて頷いた。

「よし、じゃあ決まりだ。海へ行こう」

俺は馬車を操るアイリーンに声をかけて、行き先を人気のない浜辺に変更した。

そしてフィルの元へ戻る。

「しかし、なんで水着が嫌なんだ？　こんなに胸筋もあるのに」

俺よりも厚い、フィルの胸板に触れる。その瞬間、

「ひゃうっ！」

「うわっ」

フィルに突き飛ばされて、俺は吹っ飛んだ。

「あっ、ご、ごめん！」

「いや、俺のほうこそ悪かった」

本気で嫌がるとは思っていなかったのだ。

それにしても……。

俺は、掌に残った感触に首を傾げる。胸筋にしては、随分柔らかかったような……。

「ボ、ボクはアイちゃんと代わってくるよっ！」

慌てたように言って、フィルがアイリーンの元へと向かう。

「フィル様、慌てていましたが、どうなさったんですか？」

少しして、交代したらしいアイリーンが、俺に尋ねた。

「いや、どうしたんだろう……？」

はっきりとはわからず、俺も首を傾げる。

「海へ行くんですよね。フィル様が運転を代わってくれたので、今から水着を作りますね」

「あ、一応、フィルの分もお願いできるか?」

俺の質問に、アイリーンは首を傾げた
「フィル様は、水着を持っていると、先ほどおっしゃってましたよ?」

「なに?」

余計にわからなくなった。いったいどういうことだ?


無事、海に到着した。そして俺は真っ先に海へと飛び込んだ。

みんなはまだ着替えているようだが、人目を気にする必要のない俺はすぐだ。

その辺で素早く着替えて、海を独り占めする。

海水浴といえば人でごった返しているイメージだったが、ここは違う。

これだけ広い海を自分たちだけで使えるとなれば、柄にもなくはしゃいでしまうものだ。

「ヤスアキ様」

「ご主人様、どうですか?」

クリスティーナとアイリーンのふたりが、俺の前にやってくる。

「ほう……ふたりとも、似合ってるぞ」

俺は答えながら、ふたりの姿を眺める。

化学繊維がないため、水着といっても基本的には普通の服とあまり仕立ては変わらない。

その分、水を吸ってしまうことを考えて、生地がとても少なく作られているのだ。

下着よりもさらに露出が高い。裸ももちろんいいが、こうして最低限だけ隠されているというのも、むしろエロくていいじゃないか。

ああ、浜辺でやるのもいいかもしれない。

海を見て、その音を聞きながらというのも趣がありそうだ。

柔らかそうな胸を揺らしながら浜辺を駆けるふたりを見て、俺は考える。

早くも欲望が膨れあがるが、まずは海を楽しまないとな。

「そういえば、フィルはどうした？」

「フィルさんなら、向こうの岩陰で着替えると言ってましたわ」

「そうか。ありがとう。ちょっと見てくるから、ふたりは先に遊んでいてくれ」

「はいっ！　それではまた後で」

クリスティーナは楽しそうに海へと駆けていった。

彼女は美人だから、あまり海へ行くことがなかったのだろう。

俺はふたりの背中を見送って、フィルのいる岩陰へと向かう。

岩陰になっている砂場を目指していると、フィルの声がした。

「ちゃんとすれば大丈夫、だよね。……よしっ」

俺は岩陰から、その砂浜へと下りながら声をかける。

「おいフィル、なにしてんだ？　早くこっちに……。っ！」

「え？　ひゃうっ！　ヤ、ヤス君!?」

「フィル……？」

思わず疑問系になってしまったのには、理由がある。

着替え途中で、ちょうどすべて脱いだところだったのだろう。

フィルは全裸だった。

それは、いい。

問題はその裸だ。一糸まとわぬフィルの胸は豊かな双丘だった。

胸筋などではなく、どう見てもおっぱいだ。

俺は視線を下ろす。フィルの股間は、すっきりとした縦筋だった。明らかに女の股間だ。

俺の登場に驚き、顔を赤くしたままフリーズしている全裸のフィル。

それはどう見ても、着替えを覗かれた美女だった。

「え、あ、えっと……」

全裸のまま、恥じらったフィルが一歩後ずさる。

その新鮮なリアクションに、俺の股間が反応する。

海を嫌がった理由と、柔らかだった胸板の感触が繋がった。

「フィル、女だったのか……」

「こ、これはっ……」

砂浜でうろたえる全裸の女性、というシチュエーションもまた興奮する。

フィルの目が、近寄る俺の膨らんだ股間へ向き、彼女はすぐに胸を両手で押さえながら後ろを向いた。

「み、見ないでっ……！　ボ、ボクは……」

なだらかなカーブを描く、フィルの背中とお尻を眺めながら、俺は彼女の次の言葉を待った。

「……そうなんだ。ボクの本名はフィルデリカ・カノーヴィル。女だよ……」

「なんで男のふりを？」

尋ねた俺に、彼女はか細い声で返す。

「この見た目だからね……容姿が悪い女性は、旅をするにも不便なんだ」

彼女の両腕が、震える自身の肩を抱いた。

「それに、ボクは自分の見た目が好きじゃないからね。少しでも、違う人間になりたかったんだ」

「そうか……」

女としての自分が好きじゃないから、彼女は男として振るまっていた。

だがこんなに魅力的な女性を、男として扱い続けるのは惜しい。

だったら、俺が女としての彼女を愛して、悦びを教えてやろう。

そうすれば彼女も、女としての自分を好きになれるはずだ。

「フィル。お前はとても魅力的だ。これから俺が、それを教えてやる」

「ヤス君……？」

背を向けている裸のフィルに、俺は近寄っていった。

二十四話　フィルの正体

こちらに背を向けているフィルを、俺は後ろから抱きしめた。

彼女の細い肩と、なめらかな肌を感じる。

「ヤス君、何を……」

ギュッと抱きしめると、彼女の腕越しにその大きな胸の柔らかさがわかる。

安心するような抱き心地は、魅力的な女性のものだ。

俺はその肌に指をすべらせる。彼女の二の腕を撫でると、ピクッと反応する。

波の音に合わせて肌を撫で回していった。

腕から脇腹へ。そしておへそのあたりまで下りると、今度は上へとあがっていく。

「んっ……ふっ」

彼女の声が小さく漏れる。だが、抵抗はしない。

フィルは身じろぎをしながらも、されるがままになっている。

彼女自身の腕によって押しつぶされた下乳に、俺の手が触れる。

「あっ、ヤ、ヤス君っ……！」

そこで初めて、フィルはためらいを見せた。

潮騒を裂いてフィルの声が届く。

「ヤス君、落ち着いてよ。そ、それに」

彼女は顔を伏せるようにして、もぞもぞとお尻を動かした。

それが、すでに勃起した俺の肉棒を刺激する。

「硬いのが、あたってるよ……」

戸惑うような彼女の声が俺を高揚させる。息を吹きかけるようにしながら、彼女の耳元に囁いた。

「フィルの体に興奮してるんだ。わかるだろ？」

こちらの世界では積極的な女が多かったから、フィルみたいな反応は新鮮だ。

「ん……ボクに、興奮してるの……？」

だが、フィルだってこの世界の女性なのだ。

決してエロに興味が無いわけではないし、性欲が少ないわけでもない。

その証拠に、胸を押さえる彼女の腕からは力が抜け、お尻が俺の肉棒を確かめるように動き出す。

「それじゃ、触るぞ」

俺は両手を脇の下から回し、フィルの大きな胸を支えるように持ち上げた。

「あっ……」

そのままゆっくりと揉みしだいていく。

掌に収まらない大きなおっぱいを、優しくマッサージするようにこね回していく。

俺の手でふにゅんふにゅんと形を変える魅力的な感触。

「あうっ。ヤス君の掌が、ボクの胸を……」

「こんな魅力的なものを隠していたなんて。ほら、こんなにいやらしく形を変えて」

俺の指の隙間から、乳肉があふれだす。

すぐ側にあるフィルのうなじが、上気し始めたのがわかった。

俺はそのうなじを舐めあげる。

「ひゃうっ！　な、なにをするんだい？」

そのまま、髪に隠れる位置に吸いつく。

そして強く吸い込んで、キスマークを付ける。

「ちょ、ちょっとヤス君、ひゃうっ！」

胸を揉みしだかれて勃ってきた乳首を、指で挟み込んで刺激する。

指先で突起の先端を擦り上げたり、軽くつまんで引っ張ってみたりした。

「あっ！　ふぅっ……！　んんっ！」

そのたびにフィルは艶めかしい声を上げて、小さく体を震わせる。

感じ始めた彼女は、徐々に理性を失って女の顔になっていく。

ちゃんと正面から見られないのが惜しいくらいだ。

「さて、こっちはどうなっているかな」

俺は片手で胸への愛撫を続けながら、もう片方の手をゆっくりと下へおろしていく。

まずは下乳のあたりを撫で回して、ゆっくりと肋骨のあたりをなぞった。

下におりることをわからせながらも、焦らしていく。

「ヤス君、あの……」

フィルは両腿をこすり合わせながら、顔をこちらへと向けた。

「どうした？」

俺はわざととぼけながら、彼女のおなかを撫でていく。

トレジャーハンターというだけあって、姫様だったクリスティーナやアイリーンよりは鍛えられて引き締まっている。

しかし女性らしい柔らかさが失われているわけではなく、筋肉があっても女の子のおなかだ。

「あ、あの、そろそろこっちのほうも、触って欲しいんだ」

フィルの手が俺の腕を掴んで、彼女の股間へと導いていく。

気持ちよさに押されて、積極的になり始めたみたいだ。

「あうっ！」

俺の手が、フィルの恥丘に触れる。

まだ全体を掌で覆っただけなのに、彼女は大きく反応した。

彼女の割れ目からあふれていた愛液が、俺の手につく。

「ぅあ……ヤス君の手が、ボクの、女の子の部分にっ……！」

「ここを触って欲しかったのか？　フィルはエッチな女の子だな」

「ひゃうっ！　そんな、往復されたらっ」

まだぴったりと閉じたままの、彼女の秘裂を何度も撫で上げた。

溢れる蜜とともに、花がゆっくりと開き始める。

俺はその蜜を手にしっかりと塗って湿らせて、そっと彼女のクリトリスに触れた。

「ああんっ！　そこっ、そこ、痺れるっ」

感度はとてもいいが、あまり慣れていないのかもしれない。

俺は慎重に、彼女の陰核を刺激していく。

「んっ！　あっ、ふぁっ……！　ヤス君、ボク、なんだかっ……！」

彼女の息が荒く、声が切なそうになっていく。

俺は胸を揉む手と、クリトリスを刺激する手を速めていった。

「んあっ、ふっ、あっあっああっ！　ダメ、ボク、ボク、イクッッ！」

ビクビクンッ！　ぶしゃぁぁっ！

大きく体を震わせたフィルの秘裂から、潮が吹き出した。

浜辺の黄色い砂が、水分で黒くなる。

「あっ、んっ……ボク、こんな……イっちゃった」

「気持ちよかったか？」

「うん。とてもよかったよ」

頷くフィルに、俺は優しく声をかけた。

「生まれたままの姿も、いいものだろ？　次は、中をほぐしていくぞ」

潮を吹いてヒクヒクと震えている秘所は、快感を求めるまま俺の指を受け入れた。

だが膣内は入り口からとても狭く、指だというのにきつい抵抗を受けた。

俺はあせらずに、ゆっくりと指を動かす。

慎重に指をひねって、彼女の中を広げていく。

蠕動する膣壁が指を刺激して、すぐにでも肉棒を突っ込みたくなる。

愛液が溢れ出してくるおかげで、なめらかに動くことはできる。

それでも痛くないように、俺は時間をかけてゆるやかに指を動かす。

「ヤス君の指が、ボクの膣内に入ってるんだね」

彼女のお尻が、水着の中でパンパンになった俺の肉棒を擦り上げていく。

フィルの腰が、何かをねだるように動いていたのだ。

それは指からの刺激を求めてのものなのか、肉棒を求めてのものなのか。

「はっ、ふぅ、んっ！　ヤス君、もっと……」

彼女の手は、自分のおっぱいを揉み始めていた。

中をほぐすことに集中していたから、もっと快楽を欲したのだろう。

俺は胸への愛撫は彼女自身に任せ、空いた手をクリトリスへとおろしていく。

「あっ、ふっ、ボク、ヤス君に見られながら、自分でおっぱい揉んでるっ！」

「ああ、フィルの掌で、おっぱいがいやらしく形を変えているのがわかるぞ」

俺はもう少し、彼女にいじわるな言葉を投げかけてみる。

「いつもそうやって、自分で胸を揉んでオナニーしてたのか？」

「あっ、うっ、違っ！　ボクはそんな……ことっ、んあっ！」

「気にしなくていいんだ。女の子は、オナニーするものなんだろ？」

俺はクリトリスを弄る手を速くする。

包皮の上から陰核を擦り上げ、軽く圧迫し、こね回す。

「んあっ、ふっ、あっ！　ダメっ、イッちゃうっ！　ヤス君の愛撫と、自分の胸揉みでイッちゃううぅっ！」


体を大きく震わせて、フィルが絶頂する。

背筋をピンと伸ばして、彼女の体重がこちらに預けられる。

彼女を後ろから抱きしめながら、俺は膨れ上がる欲望に耐え切れなくなってきた。

「ぅあ……またイかされちゃった。はしたない声も上げて……。ヤス君の手で、ボク、女の子にされちゃってる」

「フィルは最初から、魅力的な女の子じゃないか」

その言葉に、フィル小さく頷いた。

「ボクは女の子、だから、エッチなのも仕方ないよね……？」

小声で確認するように呟くと、彼女は後ろに手を伸ばして、俺の肉棒を擦り上げた。

「ヤス君のこれ、ボクに見せてよ」

振り向いたフィルの顔は、完全に発情しきった女のものだった。

二十五話　フィルの初めてフェラ

岩陰になった砂浜で、俺たちは向かい合っていた。

「ヤス君の硬いこれ。ずっとボクのお尻にあたっていたもの……」

全裸のフィルは膝をついて、俺の股間に顔の高さを合わせている。

肌を上気させ、口を緩ませた発情顔で俺を見上げる。

「ごくっ……」

つばを飲んだフィルが、水着の裾に手をかける。その、緊張しているような顔に、俺のいたずら心がムクムクと膨らむ。俺は力を入れて、水着の中のペニスを跳ねさせた。

「うわっ、い、今、ぴくってしたよ」

驚いて声を上げるフィルに、俺は満足して笑いかける。

「ずっと我慢していたから、待ちわびているんだ」

「そ、そうなんだ……」

関心したような彼女は、あらためて水着に手をかける。

「えいっ」

そして掛け声とともに、一気にずり下ろした。

飛び出した俺の肉棒を、フィルの目がまっすぐにとらえる。その目はとろんと潤んでいた。

「ああ、これが、ヤス君の男の子……」

フィルの両手が、俺の肉棒を包み込むように握った。

「とても熱くて、硬い……」

彼女の手が竿の部分を撫でていく。興味津々といったその手は肉棒に緩やかな刺激を与えていた。

「最初に見たときから、ずっと気になってたんだ。ヤス君の大きなおちんちんが」

「そういえば……」

最初にあったときに、彼女は妙に肉棒を気にしているようだった。あれは女として、俺の肉棒に興味を持っていたのか。納得とともに、疑問が浮かんでくる。

「そんなに気になっていたなら、もっと早く言ってくれればよかったのに」

「レイプされたばかりの君に、そんなこと言えるわけないじゃないか。それに、ボクは男として振る舞ってたわけだし」

「確かに、男として迫られたら困るが……」

俺は、全裸の彼女へと目を落とす。こちらを見上げる綺麗な顔に、大きな胸。どう見ても女だ。

この容姿なら、俺を誘うのなんて簡単だろう。

現に今だって、彼女の手の中にある肉棒は、ビンビンになって待ちわびているのだ。

「こうやってヤス君のおちんちんを味わえるなら、女だってばれてよかったかもね」

照れたように微笑みながら、フィルは包み込んだ肉棒へと顔を寄せていく。

「はむっ」

フィルの口が俺の肉棒を含む。

「ほえが、やふふんのおひんひん」

肉棒を咥えたまま、フィルがうっとりと呟く。

これまでおあずけを受けていた分を取り戻すためか、貪るように肉棒を舐め上げていく。

「れろ、じゅぶっ。んぐっ、ちゅぱっ！　ボクは、ちゃんとできているかな？」

不安げに上目遣いで聞いてくるフィルに、俺は頷いた。

「ああ、いい感じだ。もっと続けてくれ」

「うん。……ああ、やっぱり液体まみれになったヤス君の男の子は、すごくエッチだよ」

手を使って唾液を肉棒全体になじませながら、フィルが嬉しそうに話す。

「ほらこんな風に、にちゃにちゃって」

彼女の手が竿の全体を磨くようにさすっていく。顔を寄せる彼女は目をうるませて肉棒を見ていた。宝物のようにペニスを扱っている彼女は、肉棒が大好きなドスケベ女だ。

「ああ、おちんちん……ぱくっ。れろ、じゅるっ」

肉棒を飲み込みながら、余った根元の部分を手で擦られる。

温かな口内の刺激と、手による急かすような刺激が合わさって、すぐにでも出してしまいそうだ。

「れろれろ、んっ。こういうのはどうかな？　ちろちろ」

口から肉棒を離したフィルが、舌を出して先っぽだけを舐め始める。

上目遣いでこちらを見つめながら、わざと舌先をアピールするような舐め方だ。

フィルはあまり性的なことに詳しくないのかと、油断していた。

男として過ごした分、女性同士のエロトークには参加していないはずだ。

それでも備わっていた本能的なセンスが、彼女をどんどんとみだらにしていく。

「ふふっ、いいみたいだね。れろんっ」

「うっ……！」

裏スジを大きく舐め上げられて、声を上げてしまう。彼女はそのまま裏側を執拗に責め、舌を尖らせて、スジに沿って舐め上げた。舌先で皮の部分をいじくり回してくる。

「ふもっ、じゅぶっ！　ちゅる、ちろ。もごっ、んんっ！」

彼女の口の中で、肉棒が思うがままに転がされていく。

抑えこまれていた分の性欲が爆発しているのかもしれない。

「ちゅるっ。ヤス君のおちんちんから、オスの匂いがどんどん溢れてくるよ。ボクの口でいっぱい感じて欲しい。はむっ、れろ」

肉棒を頬張って、口の中でもごもごと動かす。

「ちゅる、じゅるるるるるっ！」

思いっきり吸い込まれて、腰を前へと引っ張られてしまう。

クールで整った顔立ちのフィルが、鼻の下をのばしたようなはしたない顔で、俺の肉棒にしゃぶりついている。そのギャップが、俺を興奮させていく。

「ヤス君のおちんちんから、お汁が溢れてきた……感じてくれてるんだね。ボク、もっと頑張るよ」

フィルの舌がくるくると回って亀頭を舐め回す。舌による的確な刺激が、強く快感を与えていく。

徐々にその回転が早くなってくると、射精をうながされているようで、俺の腰が跳ねる。

「ヤス君、ビクってしたね。おちんちんも喜んでくれているみたいだ」

愛おしそうに肉棒を舐めながら、フィルは俺に問いかける。

「あとは、どうされたら気持ちいい？」

彼女の問いに、もう我慢ができない俺は答える。

「咥えたまま、顔を動かしてくれ」

「うん、わかったよ。ぱくっ、もご」

俺が言うとおりに肉棒を咥え込むと、彼女は頭を前後に振り始める。

「んぐっ！　もごっ！　んんっ！　じゅる、んぐっ！」

あたたかな口内を肉棒が出入りする。頭の動きのままに、舌が裏側を刺激していく。

「もごご、ふごごっ！」

「そのまま喋るのはっ！」

肉棒を口に含んで揺らしながら、フィルが声を出そうとする。

振動が快感となって伝わって、俺ももう限界だ。

「フィル、もう、そろそろ」

「んっ！」

俺の声を聞いて彼女がさらに頭を激しく振り、口内の肉棒を思いっきり吸い始めた。

「じゅぽっ！　じゅぽっ！　じゅるるるるっ！」

「あ、ぐっ！」

突然の強い刺激に、そのまま射精してしまった。

「んぐっ、ごくっ、んんっ。ちゅぅぅ」

精液を飲み込むばかりか、フィルは射精直後の肉棒すらも吸い込んでくる。

その刺激に思わず腰を引くと、彼女の顔がついてくる。肉棒を離すつもりはないようだ。

俺は諦めて、彼女に吸われるままになっていた。

「ちゅる、んくっ！　んっ、ぷはっ」

精液を飲み切るとようやく口から離すが、彼女の目はまだ肉棒へ向いたままだ。

「これが男の……精液の味なんだ……。すっごくエッチな味だよ……」

口元を指で拭うと、妖しい笑みを浮かべた彼女がタックルしてきた。

「ヤス君っ！」

フィルに押し倒され、俺は砂浜に横になった。その俺を、立ち上がったフィルが見下ろしている。

「ボク、もう我慢できないよ」

彼女は俺の腰のあたりにまたがると、その手でくぱぁと秘裂を押し開いた。

「ほら、ヤス君のおちんちんをしゃぶっていたら、こんなに濡れちゃったんだ」

蜜を溢れさせながら、彼女が俺に迫ってくる。

「この、ボクの女の子に、ヤス君の男の子を挿れたいんだ」

切なそうな表情で、彼女はおねだりしてくる。

「いいよね？」

そんな発情しきった顔で言われて、断れるはずがなかった。

「ああ、もちろんだ」

俺の言葉に、フィルの顔が華やいだ。

二十六話　騎乗位でフィルと

波の打ちつける音が聞こえている。

俺は全裸で砂浜に横になり、すぐ側に立つフィルを見上げていた。

同じく全裸の彼女が、俺の腰あたりに立ってこちらを見ている。

彼女が膝をついて、腰を下ろしてくる。

「ふぅ、んっ……ヤス君……」

波の音に混じって、彼女の吐息混じりの声が響く。

彼女の腰が、狙いを定めるように、俺の腰へと迫ってくる。

「これが、ボクの中に入ってくるんだね」

肉棒を支えた彼女が呟いた。そのまま、自分の膣口へとあてがう。

「ああっ！　ヤス君の大きなおちんちんがっ……！」

M字に足を広げ赤裸々に口を開けた秘裂に、肉棒がゆっくりと飲み込まれていく。

ゆっくりと慎重に腰を沈めていく彼女を、俺は辛抱強く待った。

彼女の膣は入り口から狭い。

けれどすでに愛液があふれていることと、腰を沈めていく彼女自身の意思によって、止まることなく侵入は進んでいく。

「んっ、ぐっ。ヤス君が入ってきてるよっ。はぁ、ふぅん」

前後に腰を振って刺激を与えながら、フィルは肉棒を飲み込んでいく。

「ああ、もう我慢出来ないよ。ヤス君、一気にいくよ？」

ある程度まで進むと、フィルは大きく息を吸い込んで、そのまま最後まで腰をおろした。

「んはぁぁぁぁっ!!　ふぅ、あっ、んんっ！　全部、入ったね」

肉棒全体が温かな膣内に包まれる。

フィルは俺の体に手をついて、幸せそうに呟いた。

膣壁が収縮して肉棒に絡みついてくる。

狭い膣内は挿れているだけでも気持ちがいい。

「んっ……ボクの奥まで、ヤス君が届いてるよ。そろそろ、動くね？」

「最初からそんな無理しなくてもいいぞ」

「ううん、ボクがもっと気持ちよくなりたいだけだよ」

気遣う俺の言葉に、彼女は小さく首を振った。

そして、まずは前後に腰を動かし始める。

肉棒全体が包まれたまま引っ張られる。

狭い膣内を肉棒が動き、膣壁を擦り上げる。

「あんっ……男の子が、ボクの中に入ってる」

「こっちからだと、繋がってるところがよく見えるぞ」

足をM字に開いているから、肉棒に貫かれている秘部がはっきりと見える。

腰を上下に軽く動かす。秘裂を肉棒が出入りする様子は、本能的に興奮する。

「あっ、ふっ……そんな、ことっ」

俺の言葉と動きに、フィルが身を捩った。

彼女の秘裂から流れ出す愛液が、俺の肉棒と腰を濡らしていく。

「今度は上下に動かすね？」

フィルは両足に力を込めると、宣言どおり腰を上下に振り始めた。

この体勢だと接合部がよく見える。肉棒が彼女の膣を突く様子がはっきりとわかる。

それも先程の緩やかな動きとは違い、勢いのあるストロークだ。

「ふっ！　んっ！　はっ！　あんっ！」

フィルは快楽を求めるように、必死に腰を振っている。

ジュブブッ！　ニチャ、ズチャ！

その激しさを物語るように、水音が響き渡る。

大きな波に負けないほどの運動だ。

「うあっ！　これ、いいっ！　奥まで、おちんちんに突かれてるっ！」

上下運動に合わせて、フィルのおっぱいもブルンブルンと揺れる。

大きく広げられた股と、揺れるおっぱい。

そんなものを見せつけられては、俺の射精感も高まってくる。

「ああっ！　ヤス君。ボク、もうイっちゃう……。あ、ふぁあぁぁぁぁっ！」

絶頂で背中をのけぞらせた拍子に、一際大きく胸が揺れる。

俺の上で乱れているフィルは、とても魅力的な女性だった。

そのよさを、もっと引き出してみたくなる。

「感じてる姿、可愛いぞ」

「んっ……ヤス君にそんなこと言われたら、あんっ！」

「フィルが女らしく感じて、乱れているエロい姿……もっと見せてくれ」

「ボクを乱れさせたいなんて、ヤス君はエッチだよ」

「そうだな。でも、フィルだってそうだろう？　ほら、こんなにいやらしい蜜を溢れさせて、肉棒を咥え込んで」

鼠径部のくぼみに指を這わせて、そこから中心へとゆっくりなぞり上げていく。

「やっ、んっ。くすぐったいよ」

フィルは小さく声を上げながらも、抵抗はしない。

俺はそのまま、真ん中へにじり寄っていく。そして、広げられた彼女の陰唇をなぞり上げる。

「あっ、ふっ……」

刺激自体は大したものじゃないないだろう。

焦らされている感じと、肉棒が中に入っているのを意識させるような刺激だ。

「だけど、ここは……」

そしてそのまま、ぷっくりと膨らんだクリトリスに触れる。

「ひゃうっ！」

今度はストレートな快感で、彼女の腰が跳ねる。

俺の手から逃げるように上がった腰が、今度は一気に下された。

「おうっ」

「ヤス君が、乱れて欲しいなんて言ったんだからね」

予想外の刺激で声を上げた俺に、フィルが言い訳のように宣言した。

そして、また激しく腰を動かしだす。

こぼれ出た体液が俺の腰で泡立つほど、彼女は懸命に腰を振る。

「ああっ！　ふっ、うっ。ヤス君のが、じゅぶじゅぶって、ボクの膣内を出入りしてるっ！」

日頃は自分を隠して男装していたって、フィルだってこの世界の女性なのだ。

こうして全裸にして開放すれば、他の女性たちに劣らない魅力的なドスケベだ。

「おちんちん……おちんちんしゅごいよぉっ！」

発情した女の顔になって、フィルが叫ぶ。

彼女が腰を激しく打ちつける。そのせいで、柔らかな砂浜が腰の部分だけへこんでいた。

当然、彼女は俺の肉棒を求めて動き続ける。そうするとまた腰の下の砂が削られる。

「あっあっ、ヤス君っ……」

深く腰を下ろすことで、はしたなく広げた足が強調されていく。

俺も我慢できず、下から思い切り腰を突き上げた。

砂浜で腰が下がっていた分、通常の騎乗位よりも強い突き上げだ。

「んあぁあぁぁぁぁっ！　そんな……ヤス君ので……イクゥゥッ！」

膣壁がきゅぅっと締り、肉棒を誘い込む。

俺はそのまま欲望にしたがって、下から腰を動かし続ける。

「おちんちんが、子宮口を叩いてるっ……！　一番奥まで突き上げられて……んはぁっ！」

パンパンと肉を打ちつけ合う音が響く。

誰もいない砂浜で、海を背景にした開放的なセックス。

「あぅ……ダメ、何回もイッちゃうっ……！」

俺は抽送を速めた。卑猥な音と光景に、俺の射精感も限界まで高まる！

「あっ、ふぅんっ！　おちんちん、膨らんでるっ！」

一番奥まで腰を突き上げて、俺は射精した。

「あふぅぅぅっ！　ヤス君の精液が、ボクの子宮にぎゅんぎゅん注ぎ込まれてるぅっ！」

腰をつきだした姿勢のまま、俺は精液を吐き出しきった。

「すごい……溢れそうなくらい、中出しされたんだ……」

フィルが自身のおなかを撫でる。まだ肉棒が入ったままの下腹を、彼女の手が撫で回した。

腰を上げると、姿を現した肉棒と一緒に、愛液と精液の混ざったものが膣口から滴り落ちた。

「フィル……」

流石に疲れたのか、彼女は俺の横へ寝そべった。

その頬を撫でる。寝そべったことでついた砂を、優しく払い落とした。

「ヤス君……」

彼女は隣から俺を見つめる。俺も、彼女の視線をまっすぐに受け止めた。

「ありがとう。ヤス君に抱いてもらって、エロいとか可愛いとか言われて……。少しは、自分の見た目も好きになれそうだよ」

「そうか。それはよかった」

俺はそこから、あえて小声で囁くように言う。

「これからも、乱れた姿をたくさん見せてもらうつもりだからな」

俺の言葉に、フィルは頬を真っ赤に染めた。

けれどすぐに妖艶な微笑みを浮かべて言い返してくる。

「ボクも、ヤス君の感じてるとこ、もっとたくさん見せてもらうからね」

美女ハーレム構築は順調に進んでいるな。

そのことにも満足すると、倦怠感が襲ってきた。

波の音を聞きながら、俺はうとうとしはじめ――。

「ヤスアキ様、フィルさん。なかなか来られませんが、何かあったんですか？　……あっ！」

心配して様子を見に来たらしいクリスティーナが、俺たちの姿を見て驚きの声を上げた。

クリスティーナの後ろにいたアイリーンも、俺たちの姿を見つける。

「ご主人様、これは……？」

「あー、えーっと……」

全裸で砂浜に寝そべる俺たちに、ふたりの視線が突き刺さる。

フィルの事情を説明するのはいいとして、その後でふたりにも求められるのは確実だ。

やっぱり、ハーレムも大変だな、と俺は贅沢な悩みに苦笑を浮かべるのだった。

二十七話　迷宮に到着

迷宮に到着すると、俺たちは馬車を降りる。

この辺はひとけもなく、ひっそりとしている。

長い間誰も攻略できなかったという場所だ。今や冒険者のステータスになるような迷宮。

そして——。

「ここが、女神のいる迷宮か」

俺の興味は当然、美女だという女神そのものだ。

女神とのセックス。普通の男では味わえないことだ。

ワクワクし始めた俺をたしなめるように、フィルが言う。

「待って、ヤス君。この迷宮にはサキュバスがいるんだってば」

「ああ」

その話は、旅の中で聞いた気がする。それこそが、もう何年もこの迷宮を踏破するものがいなかった最大の理由だ。

この世界の男性は、あまり性欲が強くないようだしな。

ただでさえ女性の性欲にたじろぐ男たちにとって、サキュバスは天敵と言えるのかもしれない。

「サキュバスは女性を襲うこともあるけど、男がいるとみんなそっちにいくんだ」

「本能で男に寄っていってしまうんだろう？」

そこで、俺の出番だ。

「俺が囮になってサキュバスを引きつける。その隙に、フィルたちが迷宮を攻略するんだ」

事前に決めていた作戦を、俺が口にした。

サキュバスさえいなければ、フィルはきっと、この迷宮を攻略できるだろう。

そして俺なら、サキュバスを引きつけておけるはずだ。

「本当に大丈夫ですか？　あたしもご主人様と一緒に……」

アイリーンが心配そうに口にした。

俺はすぐに、首を横に振る。

「いや、ふたりはフィルについていってくれ」

そのほうが危険が少ないだろう。

それに……と俺は彼女たちを見た。

心配そうな目は、嘘ではないだろう。

だがサキュバスに囲まれてスイッチが入ったとき、俺のほうに来られては困る。

クリスティーナもアイリーンも、もしかしたらサキュバス以上のドスケベだ。

そうなれば味方にまで、俺がどんどん搾り取られてしまう。

オスの匂いを振りまくなら、女を連れていないほうがいい、というのももちろんある。

「ヤスアキ様、気をつけてくださいね」

クリスティーナがぎゅと俺の手を包み込むように握った。

彼女の小さな手が、あたたかく俺の手を包み込む。

「ああ、大丈夫だ」

彼女を安心させるように、俺は力強く頷いた。

それに強くがりではなく、サキュバスに対する恐怖はほんとうになかった。

俺は美女ハーレムを作る男だ。

たとえそれがサキュバスであろうと、たくさんの女性を満足させないといけない。

これを乗り越えれば、俺はもう一段美女ハーレムに近づくのだ。

それに、淫魔であるサキュバスにも興味がある。

サキュバスの性技を体験するというのも、なかなかないことだ。

「ご主人様、鼻の下が伸びてますよ」

少し不機嫌なアイリーンの指摘に、俺は開き直って答える。

「興奮していたほうが、サキュバスも寄ってくるだろうしな」

「あ！　それじゃ私がヤスアキ様を興奮させますね！」

冗談を真に受けたクリスティーナが、素早く俺の股間へ手を伸ばそうとした。

「落ち着け、クリスティーナ」

その手を掴んで止める。やりはじめたら、目的も忘れて体力を使い果たすのが目に見えていた。

そんな俺たちを見て、フィルが呆れたようにため息をつく。

「あんまりはしゃいで、迷宮に入る前に疲れないでよ？」

彼女はそこで、俺の股間へと目を落とした。

「それに、もしサキュバスを引き寄せるためにヤス君を興奮させるなら、それは冒険に慣れているボクの仕事だよ。……ふたりだと、サキュバスに会う前にヤス君が疲れ果てちゃうからね」

さり気なく俺へ近づいたフィルを、今度はアイリーンが牽制する。

「あら？　この間倒れるまで激しくしていたのはフィル様じゃないですか」

「あ、あれはヤス君がっ……！　ご、ごほん！」

気を取り直したフィルが、咳払いをして話の流れを元に戻す。

単に、追求から逃げるためだったのかもしれないけれど。

「それじゃ、これを」

フィルから手渡されたのは、通信用の魔道具だった。

魔力で動く携帯電話のようなものだ。

「迷宮を攻略したら連絡するから。逆に、本当に危なくなったときは連絡してね」

「ああ。大丈夫だ」

俺は頷いて、通信具をしまった。

いよいよだ。

俺たちは迷宮に入り、すぐに二手に別れた。


たったひとりで迷宮を歩く。

囮である俺は、正解の道を探す必要がない。

とにかく歩いて、サキュバスたちをおびき寄せるのだ。

靴音を響かせながら、静かな迷宮を歩いていく。

フィルたちは順調に進んでいるだろうか？

俺のほうは、あまり進み過ぎるのも危険だ。どんな罠があるかもわからない。

「そういえば、ひとりで歩くのって久々かな」

先日、街をひとりで歩いたりもしたが、あのときは店主などによく話しかけられていた。

ひとりでただ歩く、というのはこちらへ来てから初めてかもしれない。

そんなことを考えながら歩いていると、開けた場所が見えた。

「ここは……？」

入って平気だろうか？

俺は入り口で少し悩む。

覗き込んでみると、中は普通の空間だ。

道よりもだいぶ広く、部屋のようになっている。その奥には次へ進むためだろう道が見えた。

一見すると、何もない普通の部屋だ。罠のようなものも見えないし、わざとらしく宝箱が置いてあったりもしない。

大丈夫そうだな、と判断して俺はその部屋に足を踏み入れた。

この空間は目印になるかもしれない。ずっと同じような道が続くと、どのくらい歩いたかわからなくなるからな。

反対に、この先こういう何もない部屋が続いて、混乱させてくるのだろうか？

何事も無く部屋を抜けようとした瞬間、俺は首筋に温もりを感じた。

「もういっちゃうの？」

女の声が、俺の首筋をくすぐる。

後ろから抱きしめられて、柔らかな胸が俺の背中で潰れる。

魅惑的な感触が伝わって、俺は動けなくなってしまった。

「ね、私たちと楽しいことしましょ？」

こちらの脳を溶かすような、変わった響きを持つ声。

「この迷宮にはサキュバスがいるって、知っていたでしょ？」

さらに、お菓子のような甘ったるい匂いが背後のサキュバスから放たれている。

何かの魔法か、フェロモンなのか、頭がぼーっとしてきた。

「ほーら、何も考えられなくなってきたでしょ？　もうおにーさんは逃げられないよ？」

ふーっと耳元に息が吹きかけられる。足先から力が抜けていくのを感じた。

柔らかな体を押し付けながら、サキュバスの手が俺の体を這う。

「気持ちいでしょ？　そのまま夢の中で、枯れちゃうまで絞りとってあ・げ・る」

あたたかな重みが、俺の体にかかり始める。

そのままサキュバスに押し倒されて、俺の意識は遠ざかっていく。

霞んでいく視界の中で、たくさんのサキュバスたちが集まってきているのがわかる。

「久しぶりの男だね」

「しかも黒目黒髪とか珍しいね」

「わーいっ」

「こらっ！　抜け駆け禁止っ。そんなに焦って飛びつかないの！」

「とりあえず、ちゃんと部屋の中まで運ばなきゃ」

きゃいきゃいと楽しそうに騒いでいる声を聞きながら、俺の意識は闇へと落ちていく。

どこにいたのかわからないほどのサキュバスが、俺を取り囲んでいる。

「おー、これはすごいね」

「はやくはやく！」

「あれ、みんなこっちに来てない？　もう片方はいいの？」

「いいよいいよ。男の子のほうがおいしいもん」

「心配なら自分が女の子のほうへ行けば？」

「や！　私も男の子にするっ」

どうやら、囮としての役割は果たせたようだ。

あとは、このサキュバスたちを乗り切ればいい。

ハーレムの予行演習だ。

サキュバスの魔法ではなく、俺自身の興奮によって肉棒が勃ち上がり始めた。

二十八話　サキュバスに囲まれて

「うわっ！」

ものすごい悪夢を見たような気がして目覚めると、体中が気持ちよさに包まれていた。

なんだか、すごく幸せな気分だ。

「あ、もう目覚めちゃったよ」

すぐ近くから、女の子の声がする。また別のところから、それに答える女性の声。

「えー、でももう我慢出来ないー。このまま襲っちゃえっ！」

ふにゅんっ、と俺の足に柔らかなものがあてられる。

おっぱいの感触だ。俺はそちらに目を向けようとして、驚いた。

「おわっ！」

俺の全身が、肌色に包まれている。

露出の多いサキュバスが、みんなして俺の体にむらがっていたのだ。

たくさんの美女が、俺の体を求めて集まり、撫で回している。

どこに誰の体があるのかわからないほど、美女の足やお尻やおっぱいが俺の全身を包んでいた。

これが、ハーレムの光景か。

気づくと俺は全裸にされていて、サキュバスに襲われていた。

状況を確認したのもつかの間、顔をおっぱいで覆われてすぐに見えなくなる。

顔全体を柔らかく押し潰されて、俺は幸せな重みを感じていた。

他のサキュバスの手が、俺の肉棒を撫で回す。

「あっ、ねえねえ、目が覚めてから大きくなってきたよ」

「わっ、本当だ」

「え、これすごいっ！　ねーみんな、見てこのちんぽ！」

「あわっ、こんなサイズなんだ。これは絞りがいがありそう」

頭の上でサキュバスがわいわいと騒いでいる。

混乱するほどの気持ちよさに、俺は身を任せていた。

どうやらこれで囮としての役割は果たせているらしい。

だったらあとは出来るだけ楽しんでしまえ！

それがサキュバスを引き止めておくことにもなるのだ。

絞り尽くされれば、サキュバスたちはフィルのほうへ向かうだろう。

反対に俺が射精出来る限り、こちらに群がり続けているはずだ。

「あんっ！　膝のところ、いい感じだぁ」

ひとりのサキュバスが、俺の膝に性器をこすりつけているらしい。少し湿った恥丘の感触が伝わる。

「はむっ、れろ」

急に、亀頭が温かな口内に包まれる。

「あっ、私も！」

「ずるいずるいっ！」

その直後、竿の部分を何本のもの舌が舐めあげるのを感じた。

たくさんの舌がそれぞれ自分勝手に、俺の肉棒を舐めあげて刺激する。

先端へ向けて舐め上げていくのかと思えば、何本かの舌は根本へと向かう。

先を尖らせた舌もあれば、広く舐め上げるものもあった。刺激の種類も、位置も様々だ。

途中で合流したり、かと思えば別れたりと、本当に不規則に舌が這い回った。

通常ありえない形の快感に、俺の腰が跳ねた。

「わわっ、ビクン、ってした」

「これでもイかないなんて不思議」

「もーっと、激しくしちゃっていいってことだよね！」

俺の上で彼女たちは盛り上がって、どんどん愛撫を続けていく。

肉棒へ向けたもの以外にも、全身が女体に包まれている。

「れろれろ、ちゅっ」

サキュバスの舌が、俺の乳首を舐め回す。俺はお返しに、目の前の乳首を口に含んだ。

「ひゃうっ！」

サキュバスの声が上がるが、乳首への愛撫は止まない。

ほかにも、今度は指が咥えられたりもしている。

その子はこちらへ見せつけるようにして、俺の指を舐め続ける。

「ちゅぱっ、れろ。ねえ、こうやって指を舐められていると、フェラされているみたいな気持ちにならない？　実際のおちんぽと指と両方舐められて、二倍も三倍も気持ちいいでしょ？　ほら、舌の動きを見て、想像してみて？　ぺろ、ちゅるっ」

舐められるのが指だと、舌の動きがよくわかる。

肉棒のときは感覚でしかない、裏側を舐める舌の動きが目でもわかる。

その視覚情報から想像した気持ちよさが、実際の肉棒にも与えられる。

「う、あっ」

お臍のあたりも誰かに舐められている。生暖かい舌がくぼみに侵入した。

四方八方から舐められたり、体を押し付けられたりして、脳の処理が追いつかない。

ただ気持ちよさだけを全身に感じる。

ふにゅん。れろ。むにゅっ！　ちゅるるっ！　くちゅっ、ふよんっ！

サキュバスたちの愛撫に、俺はされるがまま感じていく。

快感にさまよった俺の手が、何かつるつるとした触り心地のいいものに触れる。なんとなく、それをさわさわとなでてみた。

「ひゃうんっ！」

嬌声が聞こえて、サキュバスの体がのけぞる。俺の手の中で何かも跳ねた。

それで視界がひらけ、俺の手が掴んでいたのがサキュバスの尻尾だとわかった。

「あっ、ふっ、んっ！　尻尾、もっと擦ってぇ！」

サキュバスの方から尻尾を器用に動かして、俺の手に擦りつけている。

それを見た他のサキュバスが、尻尾を使って愛撫を始めた。

「あっ、これ、気持ちいいっ！」

「ん、はぁっ！　尻尾とおまんこがどっちも擦れて、んあぁぁっ！」

全身を包む柔らかさと、サキュバス達の嬌声と、そこからでるメスのフェロモンに当てられる。

彼女たちは好き勝手に俺の体をいじりまわして楽しんでいた。

手や舌に加えて尻尾までが俺の体を撫で回して、もうどこを誰に触られているのかがさっぱりわからない。

「あうっ！　入ってきたぁ！」

やられっぱなしは性に合わないので、手近な膣に指を挿れて中を掻き回す。

すでに濡れた穴は簡単に俺の指を飲み込んだ。

サキュバスの膣は指に合わせて収縮し、締めつけてくる。

性技に特化したサキュバスの膣は、うねうねと動いて刺激する。あまりのテクニックに、指だというのに搾り取られてしまいそうになる。これは楽しみだ。

そんな俺の様子を察したのか、ひとりのサキュバスが俺に向けて妖しい笑みを浮かべた。

「そろそろ、先へ進みましょうか」

そのサキュバスが立ち上がり、俺の肉棒へと向かう。

亀頭を咥えていた子が身を引いて、彼女へと譲った。

そして全員が一斉に俺への愛撫を止め、様子を見守る。

サキュバスは俺の肉棒を掴むと、髪を耳にかけながら、上目遣いで俺を見た。

「まずはお口で、おにーさんのザーメンもらっちゃうね？」

大きく口を開けて、ゆっくりと肉棒へと口を下ろしていく。

熱い吐息はかかるのに、広げられた口はまだ肉棒へと触れていない。

見た目では飲み込まれているのに、快楽が来ないもどかしさ。

彼女は俺の様子に気づくと、妖艶な笑みを浮かべた。

そして触れないまま、自分の顔を上下させる。

「ほー、はーっ！」

大きく開いた口から、息だけが亀頭を刺激する。当然、そんなのじゃ物足りない。

見た目はしゃぶって強く吸い込んでいるようなのに、肉棒には触れないままだ。

もどかしさに耐え切れなくなって、彼女のほうを見る。

慎重に口を上げていった彼女はちろりと舌を出して、肉棒を舐めるふりをする。

あとちょっとで触れる、というところを舌が動きまわってアピールする。

気持ちは射精へと向かっているのに、快楽は止められている。

その焦らしに耐え切れなくなった俺は、自ら腰を突き出して、肉棒をサキュバスの口へとねじ込んだ。

生暖かい口内の刺激が、俺の肉棒へとはしる。待ち焦がれた快感だ。それだけで射精しそうになる。俺はそのまま腰を振って、サキュバスの口を使う。

「ふぐっ！　ふふっ、じゅるるるるっ！」

一瞬息をつまらせたサキュバスは、楽しそうに微笑むと一気に肉棒を吸い込んだ。

焦らされたぶん、敏感になっていた肉棒は、急激な刺激に喜んで跳ねた。

「おにーさん、自分から腰振っちゃったね」

「気持よくなりたいーって、堕ちちゃったね」

「それじゃ、お望み通どおりいっぱい気持ちよくなろうね」

「何が何だかわからなくなっちゃうくらい、いーっぱい」

周囲のサキュバスたちが、楽しそうに俺へ向けて言う。

そして一斉に、俺の体への刺激を再開させた。

むにゅっ！　れろちゅぱっ、ちろ。ふにゅにゅん。しゅるっ、くちゅっ。

刺激に飢えていた先程とは一転、爆発的な快感の波が俺の体をさらった。

女体のあらゆる場所が俺の全身と触れ合って、ぐちゃぐちゃの快楽を押し付ける。

一度刺激を止められたせいで敏感になった体が、混乱してスパークする。

「どう？　サキュバスに堕とされちゃった気分は？」

「とっても気持ちいいでしょ？」

「だってほら、ちんぽはこんなに喜んでるもの」

「ほら、イっちゃえ。れろ、んぐっ、じゅぼぼぼぼぼっ！」

「う、ぐぁっ！」

射精をうながすサキュバスのバキュームに負けて、俺は彼女の口内に精液をぶちまけた。

勢いよく出た気持ちよさに、全身の力が抜ける。

時間をかけられたからか、途中で焦らされたからか、射精直後の体がいつもより重い。

「んぐっ、ごくっ。んふっ。おにーさんのザーメン、すっごく濃くて美味しかったよ」

舌で唇を舐めながら、サキュバスが微笑んだ。

そして、周囲の子たちに合図を出す。

倦怠感に包まれて寝そべっている俺を、サキュバスたちが見下ろした。

「それじゃ、次は本番いこうか？」

「こんなんで終わりじゃないよ」

「サキュバスだもん。おにーさんが枯れちゃうまで全部絞りとってあげる」

舌なめずりをしながら、サキュバスたちが再び俺の体に手を伸ばした。

二十九話　サキュバスたちと大乱交１

「さあ、もっと楽しみましょ？」

「ぜーんぶ、絞りとってあげるから」

サキュバスたちが俺の体を撫で回す。

「いっちばーん！」

明るい声を上げながら、ひとりのサキュバスが俺の肉棒へと手を伸ばした。

掌に包まれたかと思った次の瞬間、肉棒全体がもっと気持ちのいいものに包まれる。

「あはっ、このちんぽすごい。奥まで来てるよぉ」

彼女の膣は一瞬で俺の肉棒を飲み込んだ。

なのに、膣内に入った瞬間ぎゅっと締めつけてくる。

「あっ、ずるい！」

ほかのサキュバスがとがめるなか、騎乗位のままいきなりトップスピードで腰を振り始める。

「おにーさんはいつまで耐えられるかな？」

射精直後の肉棒に強すぎる刺激が与えられる。

本来なら痛いくらいのはずだが、すぐに気持ちよさに飲み込まれてわからなくなってしまう。

「あうっ、おっきいのが膣内をゴンゴン叩いてるっ！　こんなにすごいの初めてだよぉ！」

ズリュッ、シュジュッ！　にゅぷっ、くちゅ、ジュポポッ！　と音を立てながら、サキュバスの腰が俺の体を上下に跳ねまわる。

絞りとることを目的とした、強引なセックス。

サキュバスにとっては食事なのかもしれない。搔き込むような勢いで、俺の肉棒は絞り上げられていく。

「ふっ、ん！　来る、ちんぽの先が膨らんできた。せー、のっ！」

一度腰を上げた彼女が、掛け声とともに一気に腰を下ろす。

その衝撃に加えて、膣壁が流れるように竿全体に絡みついて圧迫した。

ドピュッ、ビュルルルッ！

「あはっ、出た、出たぁ！　オスの濃厚ザーメンが、私の膣内にいっぱいきてるぅぅっ！」

恍惚とした表情で精液を味わっている彼女だが、その間も腰は止まらない。

激しい腰使いが俺を刺激して、射精中にもかかわらずさらなる射精をうながしてくるかのようだ。

「あっ、う、おっ……！」

強引で激しい動きに苦痛と快楽が入り乱れて、俺はよくわからない声を上げさせられる。

「こらっ！　いきなり壊れたらどうするの！」

「だって、だってこのちんぽがぁ……」

ほかのサキュバスに取り押さえられて、俺の肉棒が開放される。

「はぁ……はぁ……」

俺はサキュバスを侮っていたようだ。この迷宮が何年も攻略されない理由を、身を持って味わっていた。

「ごめんね。大丈夫だった？」

「うぷっ！」

急に上半身を起こされ、抱きしめられる。大きな胸に顔が埋められた。

少しの息苦しさと、それ以上に頬を両側から包むおっぱいの柔らかさを感じた。

「もう平気だからね。よくがんばったね」

そう言って頭を撫でながら、彼女は俺の顔を胸に押しつける。

「おっぱいで癒やされてね？　ほら」

彼女の手が、俺の掌をおっぱいに導いた。俺は誘導されるまま、彼女の大きな胸を揉む。

指がどこまでも沈み込んでいくかのような柔らかさだ。ハリのある胸もいいが、包み込んでくれるような柔らかさもいいものだ。

「んっ、あんっ！　そのまま、おっぱい好きにしてていいからね？」

俺は優しさに包み込まれるように、彼女に身を預けていた。

激しい快楽のあとの、穏やかな気持ちよさに眠くなってくる。

「私は、ちゃんと無理せず絞ってあげるからね」

だが、彼女もサキュバスなのだ。そう思っても、胸を揉む手が止められなかった。

ふにゅん、たゆんっ。

掌の中で自在に形を変える双丘にとらわれていた。手でぎゅっと押さえつけると、包まれた顔が柔らかく圧迫される。

そうしているうちに、彼女は対面座位のままゆっくりと腰を下ろしていった。

おっぱいに顔を埋めたままでも、膣口に肉棒が触れたのがわかった。

「さ、大丈夫だからね」

そのまま少しずつ腰が沈んでいく。先程の強引に絞りとるような快感とは違い、肉棒が膣壁に優しく包み込まれているような快楽だ。

「はい。それじゃ、ちょっとだけ動きますよ」

その言葉と共に彼女が腰をゆっくりと動かし始める。

それと同時に尻尾が伸びてきて、肛門と金玉の間——会陰を刺激した。

背中がゾクゾクとするような気持ちよさがはしる。

あくまで緩やかな刺激なのに、俺の中で気持ちよさが膨らんでいく。

「どうですか？　いつでもぴゅっぴゅしていいんですよ？」

優しく問いかけながら、彼女は俺を導いていく。

激しさこそないが射精感は確実に高まってきて、俺は荒い息を漏らした。

彼女の尻尾が会陰を前後して肉棒とは違う種類の快感を伝えてくる。

落ち着かない気持ちよさに胸を強めに掴んでしまうと、彼女は楽しそうに俺をとがめた。

「そういうことしちゃう子には、おしおきです」

彼女の尻尾が、俺の会陰を擦りながら強く押す。

腰の後ろ側に電流のような気持ちよさがはしり、精液が押し出される。

心の準備ができていないまま、精液が尿道を駆け上がった。

「あ、う、ああっ……」

ドクンドクンと暴発し、精液が彼女の膣内に吐き出される。

予定外のタイミングで放出してしまい、気持ちよさと一緒に少し情けなさを感じてしまう。

「いっぱい出せましたね。三発目とは思えないくらいです」

「さあ、休んでる暇なんてないんだよ。次は私ね」

急かすように次のサキュバスが現れて、俺の体に跨る。

俺の両側にはほかのサキュバスが陣取って、体を押しつけてきた。

先ほどと比べると少し小ぶりでハリのあるおっぱいが、俺の体で柔らかく潰れる。

正面のサキュバスが大きく足を広げて、俺の肉棒を迎え入れようとする。

その様子を見ながら、両脇のサキュバスが俺の耳元で囁いた。

「見て、あんなにお股を広げてるの」

「エッチなお汁を垂らしながら、おにーさんのおちんぽを飲み込んじゃうんだよ」

「あれ？　もういっぱい出したはずなのに、おにーさんのおちんぽ、またおっきくなってるの？」

「そんなに出しすぎて大丈夫？　ってダメって言ってもやめないけどね」

彼女たちの息が、俺の耳をくすぐる。囁き声が脳へと染み渡っていく。

「おにーさんのおちんぽが、サキュバスのおまんこに食べられちゃってますよ」

「むぐむぐーってされて、じゅぶじゅぶ中でかき回されちゃってますね」

腰を振っているサキュバスは、俺と目が合うと嗜虐的な笑みを浮かべた。

両側からの囁きと彼女の動きで、俺は無抵抗になっている。

挿入しているサキュバスが自らの口元を押さえる。次の瞬間、横側から息を吹きかけられた。

「ふーっ。どう？　耳元に息がかかると、ぞわぞわするでしょ？」

「れろ、ちゅっ。じゅるっ。おちんぽハメながらお耳舐められるの、気持ちいい？」

舌先が耳の中まで入ってくる。内側を舐められて、ゾクゾクするような痺れがはしる。

「ちろ、じゅぷっ。お耳を犯されるの、いいでしょ？」

「おちんぽは挿れているけど、お耳には挿れられてるの。両方の気持ちよさを、いっぺんに感じてね？」

「ちろ、ちゅ。じゅるっ、れろ。ふーっ。ふふっ、今、ぴくってしたね」

耳のほうへ意識が向きがちだが、肉棒には絶えず膣壁が絡みついて快感が与えられている。

ヒダが精液を搾り取ろうと蠕動していて、本来ならもうイっていてもおかしくない。

すでに何回もイっているからこそ、なんとか耐えられているのだ。

「ちろ、れろ。気持ちいいこといっぱいされながら、こうやって囁かれていると……」

「今度は女の子に囁かれただけで、おちんぽ大きくなっちゃうかも」

「ふーっ。こうやってお耳に息を吹きかけられただけで、おちんぽがギンギンになっちゃうね」

ズチャ、ニチャ、じゅるっ、れろ、くちゅ。

接合部の水音と、耳元での水音が交じり合う。

肉棒から与えられる直接的な刺激と、耳舐めの変則的な刺激が、俺の脳で混線した。

俺はさらなる気持ちよさを求めて、自ら腰を振り始める。

少し前後への動きをつけて、彼女の膣内をかき回した。

「れろ、ちゅく、くちゅくちゅ、にゅるっ、れろっ」

「んっ、あっ……ふーっ。ちろ。あはっ、おにーさん、気持ちよさそうな顔してるね」

ヒダを引き剥がすように強く腰を引いて、一気に突き入れる！

「あんっ！　中でもっと大きくなったぁっ！」

口元から手を離し、サキュバスが嬌声を上げる。

その様子を見た両脇のサキュバスが、舌使いを激しくし始めた。

「れろれろれろ、とんとん、ちゅぅぅぅ！　おにーさん、お耳いじめられて、イっちゃえっ！」

「じゅるっ、んぐっ、ちゅ、じゅるるるるっ！　ほら、いくよ、せーのっ」

ビュルルルルルルルルルルッ！

勢いよく射精した。

「んあぁぁぁっ！　ふっ、あ、これ、しゅごい。溢れそうなほど膣内ででてるっ、ダメっ、私っ」

腰を振っていたサキュバスが、中出しで絶頂したらしく、大きく体を震わせた。

そしてそのまま、気絶してしまう。

倒れこんできた体を受け止めると熱く、彼女がとても興奮していたのがわかる。

「え、嘘……」

「中出しでイかされちゃったの？」

両脇のサキュバスが俺を見つめる。その目には、怯えと期待が入り混じっているようだった。

彼女たちへ向けて、俺は悪い笑みを浮かべてみせる。

さて、次は俺の番だ。

三十話　サキュバスたちと大乱交2

立ち上がった俺を、ふたりのサキュバスが見ている。

ほかのサキュバスを気絶させたことへの恐怖と、それほどの快感への期待。

その恐れと期待に満ちた視線が、射精してもまだ勃起したままの肉棒へと注がれている。

「ま、負けないしっ」

そう言いながら肉棒へ向かってきたサキュバスの尻尾を片手に絡めた。

「ひゃうっ」

そのまますりすりと、心地良い尻尾の感触を楽しむ。

「そこはダメぇ……」

すかさずもう片方の尻尾も絡めとり、俺はふたりに命令する。

「そこの壁に手をつけ。ふたりともだ」

「こ、こんなことしたって、おにーさんが私たちに搾り取られちゃうのはかわらな、ひゃんっ！」

生意気な膣に指を突っ込んで掻き回すと、愛液で濡れた指で陰核を擦り上げる。

「んあぁっ！　そ、そんなのじゃ私はっ！」

頑なに抵抗するほうの尻尾を手で刺激しながら、俺は素直に従ったサキュバスのお尻を掴む。

「あんっ！」

「やっ！」

手に尻尾を持っていたせいで、生意気なほうも刺激してしまったみたいだ。

俺はひとまず、従順なほうのサキュバスめがけて腰を突き出した。

「んふぅぅっ！　おにーさんのおちんぽだっ」

快感に声を上げる彼女を満足させるために、俺は抽送を始めた。

彼女の中を、最初はゆっくり出し入れしていく。

その合間に、手に持った尻尾をいじりまわした。

「あぅっ！　おにーさん、もっと激しくっ、おちんぽちょうだいっ！」

「んっ、んぐっ……」

挿入されているほうは、快感を受け入れて嬌声を上げている。俺は素直な彼女の要求に応えて、もっと激しく腰を振り始めた。

「ふぐっ、ん、むぅっ！」

その隣で、生意気なサキュバスは必死に声をこらえている。

自分が攻めていたり挿入されているならともかく、一方的に尻尾で感じさせられているのが悔しいのだろう。

その仕草が、俺の嗜虐心に火をつける。

俺は先が少し膨らんでいる、サキュバスの尻尾を擦る。

「どうだ？　気持ちいいか？」

「はいっ、とっても気持ちいいですっ！　んあっ！」

「んっ、ぐぅっ」

素直に頷くサキュバスの横で、もうひとりは声をこらえながら首を振っていた。

「俺の性技じゃ気持よくないか」

俺はわざとらしく、そう問いかける。

「そうよっ、おにーさんのテクなんかじゃ、んっ」

その見え見えの抵抗に、俺のいたずら心がピークに達した。

「そうか……じゃあ、自分で気持よくなれっ！」

笑俺はニヤケ顔を隠し切れないまま、手にした尻尾を勢い良く彼女自身の膣へ挿入した。

「あはぁあぁぁぁっ！」

そのまま腰の動きと一致させるように、掴んだ尻尾も出し入れしていく。

「ちょ、ふざけっ、ん、ぁ、ダメぇ……」

「どうだ、自分の尻尾なら気持ちいいか？　これなら問題無いだろ？　お前がしてるのはただのオナニーだからな！」

「あっふっ、それは、ダメなのぉっ……尻尾でおまんこじゅぶじゅぶされたら、気持ち良すぎておかしくなりゅぅっ！」

「んあっ、おにーさん、私もうイッちゃうっ！　おにーさんのザーメン欲しいのに、ん、あっあっ、イクゥウゥウッ！」

「うおっ」

従順なサキュバスがイッた瞬間、膣壁が急激に収縮した。

攻めることにテンションをあげていた俺は、その気持ちよさに耐え切れず膣内射精してしまう。

「んうっ、あっ、出てるっ！　精液が奥で跳ねまわって、んはぁぁぁっ！」

幸せそうな声を上げながら、彼女が壁からずり落ちる。

中出しからの連続イキで力の抜けた体を支えた。その体を床に寝かせると、俺は生意気なほうのサキュバスに向き直る。

俺が手を離した隙に尻尾を膣から抜き取った彼女は、肩を震わせながらこちら睨みつけていた。

「よくもやってくれたわね。こんな、こんな屈辱っ……絶対許さないんだからっ！　おにーさんの金玉空っぽになるまで、私が絞りとってあげるんだから！　んうっ」

力強く宣言した彼女の唇をキスで塞ぐ。

片手で腰を抱き寄せて、空いたほうの手で乳房を掴んだ。

ツンと上を向いた生意気おっぱいを揉みしだく。

ハリのある胸はこちらの指をある程度押し返してくるが、それをしつけるように指でほぐしていった。

腰を支えたほうの手で尻尾を撫でると、彼女の体からすぐに力が抜けていく。

「やっ、んっ、だから、私がっ……」

そのまま押し倒して、両手で彼女の足を広げた。

隠されていた秘裂が赤裸々になる。カエルのように大きく足を開かれた彼女が、大切な部分を守ろうと手をのばす。だがその手を無視して、俺は肉棒を挿入した。

「ひぃうぅぅっ！　ふ、ふん、挿入したわね。こっからは私が絞りとってあげるわ」

正常位で抽送を始めた俺に、彼女がニタリと微笑みかける。そして腰に力を入れたのか、その膣内がきつく締まった。

あまりの快感に、思わず腰を引いてしまう。少し上手くいって調子に乗っていたようだ。

そのまま彼女が貪欲に腰を突き上げて、俺の肉棒を追いかける。

膣から甘噛みを受けているような鋭い刺激に、俺の肉棒が喜びの悲鳴をあげ始めた。

腰に力を入れて射精を我慢した俺に、調子を取り戻した彼女が笑いかける。

「どうしたの？　苦しそうな顔だけど。気持ちよすぎてもう我慢できない？」

震える俺を見て、彼女は勝ち誇ったように笑いかけてきた。

これがサキュバスか。今日一日でどのくらい絞られたのだろう。

それにまだまだ俺の精液を狙っているサキュバスが控えている。これが終われば彼女たちも、次々と俺に襲いかかってくるのだろう。

サキュバス……最高だな！

ドスケベな美女に興奮しない男などいるだろうか？

「んちゅ、な、なによ急に」

思わずキスをすると、彼女は少し驚いて声を震わせた。

そんなに求めてくるのなら、全部俺が相手をしてやる。

俺はすぐにでも爆発しそうな肉棒を、テンションのままに振り始める。

「やっ、ふっ、あっあっ、んっ、そんな、激しっ……！」

パシン、バシン！　パンパンパンパン！

肉同士を打ちつけ合う音が響く。

彼女の膣内を掻き回しながら、その尻尾にしゃぶりつく。

「やぁ、ふっ！　ダメ、尻尾、やめてぇっ……！」

「エッチな愛液の味がするぞ」

彼女の体がビクンと跳ねる。俺は欲望のまま、腰を激しく突き動かした。

「あっあっ、おにーさんに組み敷かれてっ、おちんぽでイかされちゃうっ！　あっ、イク、イックウウウウッ！」

絶頂した彼女の膣内から、激しく潮が吹き出した。

その潮がおもらしみたいに床に広がっていく。

「うにゅ……」

気を失ったサキュバスを見届けると、俺は次の相手へと向かう。

「まだまだいけるなんて、おにーさん素敵だね」

飛びついてきたサキュバスを受け止めて、抱きかかえたまま挿入する。

駅弁や櫓立ちと呼ばれる体位だ。

彼女の腿を抱きかかえたまま腰を振る。

「あっ、え、なにこれ、こんな体勢で入れるなんてっ……！」

性技に精通しているサキュバスでも、知らない体位のようだった。

この世界では美醜の基準や男性の性欲が違うから、女性を抱きかかえるこの体位は存在しないのかもしれない。

俺は手を移動させて、お尻のほうへ持っていく。

この体勢は腰がきついから、一気に決めてしまうつもりだ。

最初から全力で、激しく膣内を突いていく。

「この世界の男とは、ひと味違うってところを見せてやる！」

「あっあっ、抱きかかえられて突かれると、いつもよりムズムズしてくるのぉっ！　サキュバスなのに、男に犯されてるぅっ！」

サキュバスの匂いや愛液に催淫効果があるのか、それとも単に性欲が爆発しているのか、ハイテンションになった俺はガンガンサキュバスを突いていく。

これほど美女に囲まれる経験なんて、当然なかった。

しかもそのすべてが俺の精液を求めているのだ。

男冥利に尽きる。肉棒も衰えを知らずに完全勃起をたもっている。

「あっ、ふっ、イクゥウゥッ！」

俺の背中にぎゅっと強くしがみついて、サキュバスが果てた。

手に込められた力の強さが絶頂の気持ちよさを表しているようで、引っかかれた痛みなど感じない。

期待の目でこちらを見るサキュバスを、俺は次々と襲っていく。

三十一話　迷宮の奥にあったもの

「ふぅ……」

俺は深く息をついた。

目の前には、たくさんのサキュバスたちが倒れている。

はしたないイキ顔のままのサキュバスや、安らかに寝息を立てているもの。

表情は様々だが、みんな共通して股間からは愛液を流したままになっている。

何人いたのかもわからないサキュバスは、すべて俺がおいしくいただいた。

立ちこめる性臭がすごく、普段の俺ならそれだけでも発情してしまいそうだ。

さすがに少し疲れたので、フィルたちから連絡があるまで俺も体力の回復に努めていた。

サキュバスとの大乱交で時間感覚は曖昧だ。

フィルたちはどのくらいまで進んだのだろうか？

そんな風に考えていた頃、ちょうど連絡が来た。

俺は魔道具を手にして、彼女たちと連絡を取る。

『ご主人様、そちらは大丈夫ですか？』

向こうから聞こえてきたのは、アイリーンの声だ。

「ああ。平気だ。そっちも無事か？」

『はい。無事に迷宮を攻略しました』

どうやら、ちゃんと迷宮を攻略できたらしい。だとしたら、もう女神には会ったのだろうか？

『迷宮の奥には、神殿のようなものがありました』

「そうか。神殿か」

女神の容姿をすぐにでも聞きたいが、ぐっとこらえる。それにどうせなら、この目で確かめたいしな。

『今はフィル様が、そちらの解析をしているところです』

「ん？　じゃあ、女神にはまだ会ってないのか？」

俺の疑問を、アイリーンが肯定した。

『はい。おそらく、この神殿から神界に行くのだと思います』

彼女は話を続ける。

『もう安全だと思うので、ご主人様も合流してください。道中はあたしが誘導しますので』

「わかった。それじゃ頼む」

フィルは神殿のほうを解析しているなら、確かにアイリーンが案内役には適役だろう。トレジャーハンターではないが、彼女は基本的に器用で何でもできる。

『すべて解除したつもりですが、罠が残っていたりしたら危険なのでゆっくり進んでくださいね』

「ああ。わかった」

俺は頷いて、彼女の指示どおり迷宮を移動し始める。

アイリーンの誘導に従って迷宮を抜けた。

罠などはすべて彼女たちによって解除されていたので、俺は言われるまま歩くだけですんだ。

攻略済みの道を歩くだけなので、あまり迷宮という気はしない。

男として迷宮にも多少の興味はあったが、サキュバスの相手とは比べるべくもない。もちろん何度でもサキュバスを選ぶ。

体力が回復した今、大乱交を思い出すだけでもまたムクムクと性欲が膨らんでくるくらいだ。

こちらへ来てからセックス三昧なので、俺の男性機能も上がっているのかもしれない。

美女ハーレムを作るには、いい成長だ。たくましく育った息子を頼もしく思う。

「ヤスアキ様、ご無事で何よりですわ」

「そっちこそ、無事でよかった」

迷宮の最深部で、クリスティーナが俺を出迎えた。安心したような彼女の表情は可愛くて癒やされる。

「ふたりは？」

俺が問いかけると、彼女は迷宮の先を指さした。

「こちらですわ。フィルさんが、もう解析をしています」

「そうか」

俺は頷いて、クリスティーナに付き従って迷宮の先へ向かう。

そこにあったのは、まさしく神殿だった。

柱が建ち並び、荘厳な空気を放っている。いかにもって感じのものだ。

その迫力は、俺ですら少し緊張してしまうほどだ。

ここへ来た目的は美人女神を抱くことなのだから、それこそ不遜きわまりないのだが。

そのまま奥へと向かうと、アイリーンとフィルが祭壇らしきものの前で俺を待っていた。

「どうだ？　女神には会えそうか？」

俺の問いかけに、フィルが頷いた。

「うん。どうやら、この魔方陣の上に乗れば、ひとりだけ神界にワープできるみたいだ」

「ほう……」

俺は頷きながら、その魔方陣に目を落とす。

俺にはよくわからない模様でしかないが、フィルが言うのなら間違いはないだろう。

「早速、行ってみてもいいか？」

「うん。もう準備はできてるよ」

フィルは俺の言葉を受けて、魔方陣の中心を指さした。

「ほかのみんなが陣から離れたら、その中心に立てばいい。それで神界へと行けるはずさ」

「わかった。それじゃ、行ってくる」

「ご主人様、気をつけてくださいね？」

「大丈夫だ」

心配げなアイリーンに、俺は自信満々に答える。

念のため警戒は必要かもしれないが、基本的に女神は友好的なはずだ。

俺は三人が魔方陣からどいたのを確認すると、その中心へと歩を進める。

「おおっ」
すぐに魔方陣が光りだして、俺は驚いてのけぞった。
やがて景色が光に満たされていき、真っ白になる。
あまりの眩しさに目をつむる。それでも、まぶたの向こうが明るいのがよくわかった。
じきに明るさが落ち着き始めたのを感じた。
注意しながら、ゆっくりと目を開けていく。
床は普通にある。神界といっても、極端に変な場所ではないようだ。
顔を上げると、俺は呼吸を忘れた。
そこには、すでに女神が立っていたからだ。
迷宮を攻略した冒険者を出迎えるためだろうか。
彼女の姿は、まさに女神。
あまりに美しく、俺は息すら忘れて見とれてしまう。
ピンク色の髪をした彼女は、ただそこに立っているだけだ。
それなのに、俺は彼女から目が離せない。
これこそが、絶世の美女。
「なんて、美しいんだ」
思わず声が漏れる。彼女は、芸術品のように完璧だった。
全体的に細い体と、とても大きな胸が見事に調和している。
「今、美しいって言ったの？」

女神が少し驚いたように、首を傾げる。そんな動作さえ綺麗だった。

「あ、ああ……。綺麗だ」

呟いた俺に、彼女は柔らかく笑みを浮かべた。

「私は女神ラティーシャ。あなたの名前は？」

「ヤスアキ。安藤康明だ」

「ヤスアキ君、ね。迷宮を踏破したあなたは、その証として神界の物を持ち帰っていいわ。あなたはトレジャーハンターとして一目置かれるようになる」

そこで彼女は、一度言葉を切った。

「だけど、もし時間があるなら……」

彼女は俺のほうを見て、頬を赤く染めた。

綺麗な女性の、女の子らしい仕草に俺の胸が締めつけられる。

思わず抱きしめたくなる。俺は無意識に伸ばしかけた手を引っ込めた。

ここまで来たかいがあった。待っていた女神は、予想以上に好みだ。

「少し、楽しんでいかない？」

だからそんな彼女の言葉に、俺はすぐに頷いた。

「ああ」

言葉さえもどかしい。

そんな俺の短い返答に、ラティーシャは喜びの表情を浮かべる。

「本当？　とっても嬉しいわ」

本当に嬉しそうに、彼女は微笑んだ。

「ずっと誰も来なかったし、退屈してたの。それに」

彼女は俺を見つめて、うっとりと呟いた。

「『美しい』なんて言われたの、初めてだもの。そんなこと言われたら……」

彼女は腿をもじもじとすりあわせながら、少し俯く。

その動作さえエロ可愛く、俺の股間も反応し始めてしまう。

「私で大きくしてくれたの？」

股間の膨らみをめざとく見つけたラティーシャが興奮したようだ。

「迷宮のサキュバスをのりこえたちんぽだものね。とっても楽しみだわ」

息をのみながら近づいてきた彼女が、俺の手を握る。

そのしなやかな肌に、俺の期待もどんどんと高まる。

「ヤスアキ君。いっぱい気持ちよくなりましょうね？」

それだけでも興奮するのに、彼女はいたずらっぽい笑みを浮かべながらそう付け加える。

「私、燃え上がって少しやりすぎちゃうかも」

俺は堪えきれず、彼女のおっぱいに手を伸ばした。

三十二話　爆乳女神のパイズリ

俺は耐えきれなくなって、女神ラティーシャのとても豊かな双丘へと手を伸ばした。

柔らかくも弾力のあるおっぱいが、俺の掌で形を変える。

収まりきらずにはみ出した乳肉が刺激を求めるように、指の側面にむにゅっと張りつく。

「あんっ」

ラティーシャは甘い声を上げるだけで、抵抗しない。

俺はその乳房を両手で支えるようにこね回す。

魅惑的な感触が、俺の掌で自在に動いた。

「ヤスアキ君は、おっぱいが好きなの？」

「ああ」

俺は答えている間も、彼女の胸を揉み続ける。

俺の掌に合わせて、谷間が誘いかけてくる。

「ふうん。変わった趣味なんだね。でも、興奮してるのは本当みたい」

感触も見た目も気持ちいい。

彼女の手が、ズボン越しに俺のいきり勃った肉棒をなで上げた。

急な快感に思わず腰を引く。だが、彼女の掌は追いかけてきて刺激を続ける。

「さ、ヤスアキ君。そのまま寝そべって？」

彼女にうながされるまま、俺は床に横になった。

俺を見下ろした彼女は、怪しく微笑むと自らの胸を揺すった。

ぼよん、ととても大きなおっぱいが揺れて、視線が釘付けになる。

「ヤスアキ君、おっぱい見過ぎ」

そう言って彼女は嬉しそうに笑う。そして、見せつけるように自分の服に手をかけた。

「じゃ、まずはお胸で気持ちよくしてあげるね？」

彼女が胸を露出させる。

解放された乳房が大きく揺れて、その存在を主張した。

彼女も興奮しているのだろう。ピンク色の乳首はもうピンとたち上がって、目立っている。

「ヤスアキ君も脱がせちゃうね」

彼女の手が俺のズボンにかかり、下着ごと一気に脱がせた。

「わぁっ……大きい。これが、ごくっ」

勢いよく飛び出した肉棒に、今度はラティーシャの目が釘付けになる。

唾を飲んだ彼女が、その手を肉棒へと伸ばす。

「手じゃ収まりきらないよ」

彼女の手が、竿の中程をつかんでいる。

はみ出した亀頭部分に彼女の視線が吸い寄せられていた。

「熱い……硬さもすごい」

にぎにぎと肉棒を握って、硬さに感動していた。

さらに無意識なのか、彼女はうっとりした表情のまま、肉棒を上下にも擦り始める。

「ラ、ラティーシャ」

「あっ！　ご、ごめん。おっぱいだよね」

あえぐような俺の声にはっと気を取り戻した彼女は、肉棒から手を離した。

ラティーシャの手が、自らの胸を広げる。

「ちょっと濡らしておいたほうがいいかな」

そう言って、彼女が自らの胸によだれを垂らした。

彼女の口からつーっと糸を引いた唾液が胸へと落ちていく。

左右に分かれた谷間に川をひくようだ。

美女が自らの胸を押し広げて、そこへよだれを垂らす。その光景だけで俺の肉棒はギンギンになりそうだ。

「どう？　気持ちいい？」

彼女が胸の真ん中へ竿をとらえて、ぎゅっと挟み込んだ。

ペニスが乳肉に包み込まれる。柔らかいながらも弾力のある胸が、両側から肉棒を圧迫する。

吸いつくような肌と、唾液のぬめり。

それに、こちらを上目遣いで見つめるラティーシャの美貌。

このままでも、とても気持ちいい。

「ああ、すごくいい」

「よかったわ」

俺が頷くと、ラティーシャは安心したように呟いた。

「それにおっぱいなら、ちゃんとヤスアキ君のちんぽを包み込めるみたいだし」

挑発するように彼女が笑う。

そして左右の手を押しつけて、乳房を寄せ上げる。

挟まれた竿全体が押し潰されて、快感が大きくなる。爆乳の中で、俺の肉棒が跳ねた。

「ちんぽ、喜んでるね。もっと気持ちよくしてあげるからね」

彼女が胸を上下に揺すり始める。

快感はもちろんだが、パイズリは見た目も素晴らしい。

巨乳美女がそのおっぱいを使って、自分の肉棒を気持ちよくしているのだ。

「擦ってる最中に、こうして、ぎゅーって」

「うあっ……」

上下の快感に加えて、彼女は胸を圧迫したり弱めたりすることで左右の快感も与えてくる。

「パイズリってあまり聞かないけれど、ヤスアキ君は大好きみたいね」

この世界の基準からすれば、胸は小さいほうがいいからなのだろう。この快感を知らないなんてもったいない。

「んっ……ふぅ！　ヤスアキ君のちんぽ、大きいから先っぽがはみ出してくるね」

真ん中で押さえているときはその爆乳に埋もれてしまうが、下に動いたときは亀頭部分が顔を出す。

柔らかなおっぱいから顔を出す硬い肉棒は、その異質さが際立っていた。

はみだした亀頭が、彼女の胸の良さを引き立てる。

「胸を開いて……えいっ」

「おうっ」

彼女が乳房を大きく左右に広げると、一瞬だけ冷たい風が肉棒に当たる。

直後に勢いよく乳肉が迫り、肉棒をきつく挟み込む。

一気に肉棒すべてを咥え込むのは、パイズリでしかできない。

「えいっ！　えいっ！」

パチン！　バチン！　と乳房同士が当たる音が響く。

そのたびに肉棒が柔肉に挟み込まれて、最初に濡らした唾液や汗が飛ぶ。

「あらあら。ヤスアキ君のちんぽ、気持ちよくて泣き出しちゃったね」

我慢汁を流し始めた肉棒を見て、ラティーシャが微笑む。

そして溢れる我慢汁を掌で、ぐりぐりと亀頭に塗り込める。

「あうっ……」

「あはっ。こんなにテカテカ光って、いやらしい亀さんだね」

ラティーシャがパイズリを再開する。

ニチョ、ネチョと水気を含んだ音が俺の耳にも届く。

「ラティーシャ……」

俺の声に、彼女が頷いた。

「それじゃ、もっと激しくするね。……んっ、んんっ！」

彼女が胸を激しく揺すり始める。

規則正しかった先ほどとは違い、左右の胸で動きがずれ始める。

不規則な快感が俺の肉棒を追い詰めていった。

「ふふっ。感じているヤスアキ君の顔、とってもセクシーでいいわね」

シュッシュッ、ニュルッ、ぽよんっ！

豊かなおっぱいの中を、肉棒が快感で跳ね回る。

「んっ！　そんな顔とちんぽを見せられたら、私まで感じちゃうからっ。ふっ、えいっ！　はぁ、はぁんっ……！」

スピードアップした彼女のパイズリに、俺は限界を迎えそうだ。

視線だけでそれを察知した彼女が、興奮した声で言う。

「好きなだけ、私の胸で気持ちよくなってっ！」

さらに激しくなるパイズリに、俺の腰が浮き始める。

肉棒全体に痺れのような快感がはしり、やがて爆発する。

「イって！　ヤスアキ君の熱いザーメン、いっぱい出してぇ！　んっ、あっ！　えいっ！」

ラティーシャの胸が大きく跳ねた瞬間、俺は勢いよく射精した。

飛び出した精液が、肉棒を見つめていたラティーシャに至近距離からかかる。

「んあっ！　熱い……ヤスアキ君のザーメン、たくさんかかってるぅ……」

飛び出した精液を思いっきり顔で浴びて、彼女はうっとりと呟いた。

彼女の美しい顔が、俺の精液まみれになっている。

ドロッとした白い液体を垂らしながら、とろけた顔をしている姿はとてもエロい。

彼女の舌が、口の近くにかかった精液を舐めとる。

なまめかしく動く舌が、器用に精液を口へと運んだ。

そして口の中で転がし、ごくりと飲み込んだ。

「ヤスアキ君のザーメン、濃くておいしいよ」

彼女の言葉に、俺の肉棒がぴくりと反応する。

それを見た彼女の手が、優しく肉棒を包み込んだ。

「こっちもまだ元気みたいだし」

握った手を軽く上下させる。彼女の手の中で、俺の肉棒はまだ大きいままだ。

名残惜しそうに手を離すと、彼女は立ち上がって服をまくり上げた。

「今度は、こっちにそのちんぽをちょうだい」

すでにぐっしょりと湿った股間を、俺に見せつけたのだった。

三十三話　ラティーシャの性欲

彼女の手が、ぬれた自らの下着にかかる。

水気を帯びて張り付いた下着をはがすように脱ぎ捨てて、彼女はそれを放った。

床に落ちた下着が、かすかな水音を立てる。

「ヤスアキ君……はぁ、はぁ……」

荒い吐息のまま、ラティーシャが寝たままの俺を跨ぐ。

腰のあたりを跨いでいるので、天を向いた肉棒は彼女の秘部を目指しているかのようだ。

ラティーシャがそのまま俺の腰に座る。足をハの字に開いた女の子座りだ。

まだ挿入はしておらず、彼女の秘裂に俺の肉棒が当たっている形だ。

「んっ……はぁっ！　ふぅ」

そのまま彼女が腰を擦りつけ始める。ふにふにとした土手の感触が裏スジを擦り上げる。

彼女の秘裂からは次々と愛液があふれ出してきて、俺のペニスに塗りたくられている。

「んっ、ふっ、んあぁっ！」

徐々にほぐれてきたことと、彼女が強くこすりつけるので肉棒が秘裂をかき分けて押し広げる。

そうなるとさらに敏感な内側に当たって、ラティーシャの腰使いも激しくなってきた。

「あっ、いいっ！　硬いちんぽが、クリトリスに当たっててっ！　んっ、もう、イクッ！」

肉棒を擦り上げるようにして、ラティーシャが体をのけぞらした。

「ラティーシャは、いつもそうやってオナニーしてるのか？」

「え？　あっ！　だ、だってずっとひとりだったし……」

我に返ったラティーシャが、慌てたように言う。

興奮した彼女が挿入ではなくこすりつけてきたのは、いつものくせだからだろう。

長年ひとりだった女神は、どうやらオナニーをしているらしい。

この世界の女性は性欲が強いから、みんなけっこう、ひとりでするのだろう。女神も例外ではないということだ。

「あまり、膣内に何かを入れないのか？」

魔法で動くバイブくらい、この世界ならあってもおかしくない。けれど彼女は首を振った。

「入れないよ。怖いもの。いつも、擦ったりちょっと指を入れてみるくらい」

そこで、彼女の目は自分が股をこすりつけている肉棒へと向かう。

「だけど今日はせっかくのちんぽだものね」

ラティーシャはわずかに腰を浮かせる。押さえつけるものがなくなると、彼女の秘裂を追うように肉棒も立ち上がった。

その肉棒に、彼女の細い手が触れる。

「ん、熱い。この子も、こんなに入りたがってるんだしね」

ラティーシャは片手で肉棒を支え、もう片方の手で秘裂をぐっと押し広げた。

手を後ろから回し、俺にもよく見えるようにおまんこを広げる。

「それじゃ、ヤスアキ君のちんぽ、私のおまんこに入れるね？」

つぷっ、と膣口に亀頭が触れる。

「んっ……」

そのまま力を込めて、彼女がゆっくりと腰を沈めていく。

温かい膣内に、肉棒が飲み込まれていくのがわかる。

「ちんぽ、ちんぽが入ってきたっ……」

彼女のほうも同じようで、少し腰をひねりながら慎重に腰をおろしていく。

「太いちんぽが、私の膣内を押し広げて入ってくるのぉっ！」

ズブ、ズブブ……！　と竿の中程まで進んでいく。

「まだ入りきってないなんて。ヤスアキ君のちんぽ、凶暴すぎるよぅ……」

非難するような言葉とは裏腹に、彼女の声色はとても楽しそうだ。

膣も正直で、入ってきた肉棒を大歓迎で抱きしめている。

「んうっ！　今度こそ、全部入ったね」

彼女は俺の胸に両手を突いて、微笑んだ。

俺たちの腰はぴったりとくっついている。

先程と同じ女の子座りをした彼女の膣に、今度は俺の肉棒がしっかりと飲み込まれている。

「私の中、ヤスアキ君でいっぱいになってる」

彼女はそのまま、軽く前後に腰を振る。

肉棒が膣内を擦り上げる。腰を引いたときは、根元のところがクリトリスにも当たるみたいだ。

「んっ、ふっ、ああっ……私の中を、ちんぽがグリグリ広げてるっ！」

腰をこすりつけがら、彼女が前傾姿勢になり、手を床へと移した。

そうすると彼女の大きなおっぱいが、俺の顔の近くへ来る。

「今度は、上下に動くね」

前傾姿勢のまま、手の力で彼女が腰を浮かせて、下ろす。

ズチュン！

肉音と水音が混ざった、卑猥な音がたてられる。

「ああっ、すごいのっ……！　おまんこの中、ちんぽが突くの気持ちいいっ！」

彼女がどのくらいひとりでいたのか、俺は知らない。

だが、女神が俺の肉棒を喜んでいることだけははっきりとわかった。

ヒダも肉棒に絡みついて、快感を味わい尽くそうとしているかのようだった。

「んっ！　はっ！　ふぅっ！　あんっ！　しゅごい、いいよぅっ！」

肉棒になじんできた彼女は、激しく腰を動かしていく。

その動きに合わせて、俺の目の前では豊かなおっぱいがぶるんぶるんと揺れている。

重量感たっぷりの双丘が俺を誘っていた。

これは、俺が支えてあげないといけないな。

下から持ち上げるようにその胸を掴んだ。

「あんっ！　ヤスアキ君、またおっぱいなの？」

「ラティーシャの乳首は、触ってほしがっているよ」

「ひゃんっ！　んあっ！」

母乳が出そうなほど膨らんでいた乳首を、きゅっと摘まみ上げる。

快感に跳ねた彼女が腰を一気に落とし、それがまた快感を与えていく。

「あっあっ、ダメ、ああっ！」

彼女の腰使いが速くなり、前後の動きも加わる。

胸を支えていた俺の掌に、硬い乳首が何度も擦りつけられる。

「んんっ！　ふぁっ！　イク、イクイクゥウゥッ！」

ビク、ビクン！

体を大きく震わせて、ラティーシャが絶頂した。

「すごいっ！　ひとりでするより、ずっと気持ちいいのぉっ！」

イってからさらに激しく腰を振る。

ラティーシャもたまっていたのだろう。

それを満足させたいとは思うが、美女女神のこんなにエロい姿を見せられて、俺も長くはもたなそうだ。

「極太ちんぽすごいのぉっ！　もっと、もっとちょうだいっ！」

「ラ、ラティーシャ、もう少し落ち着け」

「無理、無理なのぉ！　私、もう腰振るの止められないのっ……！」

ジュポジュポと卑猥な音を立てながら、ラティーシャが腰を動かし続ける。

俺は少しでも彼女を満足させるために、強めに胸を揉みしだいていく。

今の彼女には、強すぎるくらいでちょうどいいようだ。

「ああっ！　胸をそんなにぐにぐに揉むなんてぇっ！」

ラティーシャは気持ちよさそうに腰を動かす。

「んああっ！　それに、カリのとこが……おまんこの中ガリガリ引っ掻いてっ！　ヤスアキ君のちんぽが凶暴過ぎて最高なのぉっ！」

一番凶暴なのはラティーシャだ。

彼女のほうこそ、快楽を求めて俺からすべてを搾り取ろうとしてくる。

「そんなに腰を振って、中のヒダだって締めつけてきてっ……ラティーシャのほうこそドスケベじゃないかっ……！」

「そうなのっ！　ヤスアキ君のちんぽにドハマリして、私はドスケベになっちゃうのぉっ！」

「あぐっ！」

開き直った彼女の腰使いに、俺の金玉から精液がせり上がってくる。

力を入れて我慢するが、どのくらいもつか。

「ああっ！　ヤスアキ君のその顔、すっごくいいよっ！　もっと見せてっ！　もっと気持ちよくなってぇっ！」

どこにそんな余力が残っていたのか、ラティーシャが息を荒くしながら激しく腰を振る。

「あっあっ、私も、またイっちゃうっ！　んんっ！」

「もう、出るっ……！」

ドックン、ビュクククククッ！

「んはぁあぁぁぁぁっ！　ザーメンが、いっぱいだよぉおぅぅっ！」

俺の射精でイったのか、ラティーシャの膣壁がきゅっとしまって肉棒を搾り取る。

「あっ、ダメ、これ、よすぎて、んうぅっ！」

腕の力が抜けて、ラティーシャが倒れ込んでくる。

俺は彼女の体を受け止めた。

先程まで堪能していた豊かな胸が、俺の胸元で柔らかく潰れる。

「ちんぽ、最高ぅ……」

「そんなによかったか？」

「うんっ、すっごい気持ちよかった」

彼女が起き上がって、肉棒を引き抜く。

そしてついさっきまで繋がっていた股間を撫でる。

「ヤスアキ君、大丈夫だった？　少しどころじゃなく、やりすぎちゃった……」

さっきまではあんなに貪欲だったくせに、急にしおらしくなる。

いや、こっちが素なのだろう。それだけ我慢してたってことだ。

彼女はいたわるような視線をこちらに向けている。

しかし、俺を侮ってもらっては困る。

「ラティーシャ」

声をかけながら、体を起こした。

次は、俺の番だ。

三十四話　ラティーシャをバックで攻める

立ち上がった俺は彼女に向けて言う。

「今度は俺の番だ。ラティーシャ、四つん這いになって」

「だ、大丈夫なの？　連続で……」

言葉だけは心配しているが、彼女の顔は期待にとろけ始めている。

それを示すように、彼女はすぐに四つん這いになってお尻をこちらに向けた。

女神のぷりんとしたお尻が丸見えになる。

適度に肉付きのいいヒップが、無防備に差し出されている。

その上、先程まで繋がっていた秘裂はまだはしたなく蜜をこぼしているのだ。

こんな光景を目にしたら、男として反応してしまう。

それにバックは、征服感もあって好みの体位だ。

四つん這いのままで振り返った彼女が、声を上げる。

「あっ……ちんぽ、また大きくなってるっ！」

「当然だ」

俺は少し腰を突き出して、元気に反り返った肉棒を見せつける。

「ごくっ……ちんぽって、すっごくエッチな形してるよね」

「おまんこのほうがずっとエッチだろ」

「ひゃうっ」

下から手を入れてなで上げる。

彼女のそこは、くちゅと淫靡な音を立てた。

「ヤスアキ君、バックが好きなの？」

「ああ。後ろから犯すのは、征服感があって好きだな」

「ヤスアキ君、エッチすぎるよぉ……」

じゅん、と彼女の秘所から愛液が溢れる。

男んほうから腰を振りたいと望むだけでも、この世界では珍しいのだろう。

もちろん、俺は騎乗位なんかも大好きだ。

さっきだって、揺れる胸を十分に堪能したし。

それに、積極的に腰を振るこの世界の美女たちを最高だと思っている。

その上でなお、自分から腰を振るのが興奮するんだけどな。

「もっと高くお尻を上げてくれ」

「うんっ！」

四つん這いのラティーシャは、そのままお尻を高く持ち上げる。

そうすると、ただでさえ丸見えだった秘部をもっとまっすぐにさらすことになる。

「こんなにお汁を垂らして……丸見えだぞ」

「私のおまんこ、もっとよく見てっ！」

まだ頼んでもいないのに、彼女はその手でくぱぁっと秘裂を広げて見せた。

綺麗なピンク色をした彼女の内側が、肉棒を待ちわびてヒクヒクと震えているのがわかる。

「まったく、さっきさんざんやったのに」

「ヤスアキ君だって同じでしょ」

彼女の目が、すでにガチガチに勃起して待ちわびている俺の肉棒をとらえた。

「ああ。ラティーシャのエロい体を見ていたら、我慢できない」

「嬉しいっ。ヤスアキ君のちんぽ、この穴にいっぱいズブズブしてっ！」

「もちろんだ」

俺は後ろから近づいて、肉棒をその膣へと挿入していく。

「んはぁぁっ！　ちんぽが入ってきたぁっ！　私の中を、かき分けて入ってくるのぉ！　やっぱり最高だよぅ」

彼女の協力もあって、挿入はスムーズだった。

それでも、膣内はしっかりと肉棒を締めつけてくる。

「ずっと入れていたいくらい。このちんぽ、逃がしたくないのっ」

「本当にそんな感じだな……」

彼女の膣壁がきゅうきゅうと締めつけて、俺の肉棒を飲み込んでいく。

「ヤスアキ君。私……我慢できないっ！」

「うおっ」

宣言するやいなや、彼女は腰を振り始めた。

バックなのもお構いなしに、器用に腰を打ちつけてくる。

「あっ、ふっ、うっ！　ヤスアキ君も腰振ってぇ！　そのちんぽで、私の奥までガンガン突いてほしいの！」

「あ、ああ……」

それでもまだ足りずこちらに、俺にも要求してくる。

エッチ過ぎるおねだりに俺の理性も吹き飛びそうだ。

俺は彼女のお尻をがっしりと掴んで、肉棒を深く突き入れた。

「はぁぁあぁんっ！　ちんぽがっ……一突きでイっちゃうぅっ！」

子宮口に亀頭が突き当たると、ラティーシャが背中をしならせた。

どうやら軽くイったみたいだ。

後ろから見える背中のライン、感じてのけぞるラティーシャの姿はとてもそそる。

たまらず、俺は荒々しく腰を打ちつける。

「あっ！　はっ！　あんっ！　ヤスアキ君、急に！　激しっ！」

パンパンパンパンパンパン！　と俺の腰が彼女のお尻に打ちつけられる音。

「そんなにされたら、またすぐにっ！　んあっ！」

「ぐっ！」

彼女の膣内が収縮して、ヒダが絡みつく。

危うくイかされかけた。

我慢汁がピュッと彼女に搾り取られた。

「もっと、もっと中に出してぇっ！　私の奥に、ヤスアキ君のザーメンッ！」

こちらを振り向いたラティーシャは、涙とよだれで顔を湿らせていた。

とろんとした瞳に見つめられると、俺の中にもこみ上げてくるものがある。

はしたないトロ顔は、俺を興奮させる。

こんな美女が、よだれをたらしながら感じてるんだ。

彼女が俺で気持ちよくなってるんだ。

あとは……。

「振り返る余裕もないくらい、気持ちよくしてやる！」

「んあぁあぁあぁっ！　ちんぽに奥までガンガン突かれてるぅ！　あっあっ！　はふっ、んんっ！」

ラティーシャの体がこわばって、床に突いた手にぎゅっと力が込められた。

「あっ、らめぇ！　奥をゴリゴリしゅるの、気持ちよすぎてぇっ！」

呂律も回らなくなってきた彼女。

快感にすべてを塗りつぶされているのだ。

彼女のヒダも、細かく蠕動して俺の肉棒を締め上げてくる。

「こんなの、こんなのおかしくなりゅぅぅっ！」

「ぐぅっ……！」

俺だって、そろそろ限界だ。

我慢汁がどんどんと搾り取られて、自分でもわからなくなってくる。

もしかしたら、すでに何回か射精させられているのかもしれない。

それでも、もっと大きな快感がすぐそこまで来ているのを感じる。

「ちんぽ、中で膨らんできてるっ！　あっ、ダメっ、大きくなりすぎてっ！　先っぽが引っ掻くのぉっ！」

ラストスパートだ！　俺は力の限り腰を激しく振り続ける。

「ヤスアキ君、ヤスアキ君っ！　あっあっ、んんっ！　イックウゥウゥウゥッ!!」

大きく体を震わせたラティーシャ。その膣壁がめいっぱい俺の肉棒を絞り上げた。

俺は最奥まで腰を打ちつけ続けてから、彼女の子宮口に肉棒をぶつける。

そして絡みつくヒダにうながされるまま、膣内に思いっきり精液をぶちまけた。

「んうぅぅぅっ！　ヤスアキ君の精液が、子宮にびゅくびゅく届いてりゅのぉぉっ！」

大声を上げながら、ラティーシャがお尻を高く突き上げる。

そしてゆっくりと力が抜けていく。

「あ、ぅ……」

上半身を完全に横たえた彼女が、幸せそうに吐息を漏らした。

体からはすっかり力が抜けて、本人も気を失ってしまったみたいだ。

それでも彼女の膣だけは、まだ繋がったままの肉棒を締めつけ続けていた。

「本当、どれだけエロいんだよ」

寝息を立て始めた女神の髪をそっと撫でるのだった。

「私も連れていってほしいの」

目覚めた彼女は、俺の目的を聞いてそう言った。

「ああ。もちろんだ」

女神を抱くだけでも貴重な経験だが、ハーレムに加えることができるなんて。

予想以上の成果に、俺の頬も緩む。

それに彼女は見た目がいいだけじゃなく、しっかりとドスケベだ。

性格も問題なさそうだし。

「旅は大丈夫か？　貴族みたいに大人数で何でも揃えてあるような旅じゃないが」

彼女はその大きな胸をドン、と叩いて言った。

「もちろん問題ないわよ。それに、ちょっとは外に出ないとね」

彼女は照れたように笑った。

「だから、これからもいっぱい私を抱いてね？」

「ああ」

頷くと、彼女はぎゅっとこちらにしがみついてきた。

柔らかな胸が押し当てられて、心地よい体温が伝わってくる。

俺はきっとくるだろう、近い将来に思いを馳せる。

美女だらけの街に着いてからも、ハーレムへの道が楽しみだった。

三十五話　最後の夜

ラティーシャを加えた俺たちは、最終目的地である美女が集まる街へ向けて旅を続けていた。

「いよいよですわね」

「ああ、そうだな」

今日、俺たちが泊まるのは目的地から近い街だ。このペースなら、明日にも着けそうだという。

「みんな、そろそろ街だから準備して」

フィルが御者台のほうから声をかけてくる。クリスティーナやアイリーンが、それぞれ自分の仮面を準備した。ラティーシャにはとりあえず、俺が着けるつもりだった仮面を渡しておく。

最初の国よりはだいぶマシだが、容姿差別がまったくないわけではない。この世界での例外は、目的地である美人の集まる街くらいなのだ。

フィルは素顔のまま、馬車を操っている。

彼女は結局、普段は男装のまま過ごしている。慣れているというのもあるし、やっぱり便利さの問題もあるみたいだ。

だがそんな彼女も服を脱げば、美人でエッチな女性だということを俺は知っている。

「どうしたんだい？」

俺の視線に気づいたフィルが、こちらへ尋ねた。

「いや、俺はたいした準備もないしな」

御者台のほうへ向かい、前方へと目を向ける。今晩を過ごす街がすでに見えていた。

最終目的地にはそのまま居住するつもりだから、旅として通過するのはこの街が最後ということになる。婚前旅行最後の夜……みたいなものだ。

だったら、今日は楽しまないとな。

「ヤス君？」

俺のよこしまな空気を察したのか、フィルがこちらを気にかけた。

「いや、なんでもないよ」

俺は軽く首を振った。

街に着くと俺たちは馬車から降りる。結局、素顔の黒目黒髪をさらしている俺は多少の注目を浴びてしまうが、好意的なものなのでいいとしよう。

街はさほど大きくないながらも賑わっている。

目的地が近いので、もうほとんど補給の必要はない。

今日はゆっくりと出来そうだ。

「この国はだいぶマシだな」

俺は街を歩いていて思ったことを口にする。

もちろん、クリスティーナたちが顔を出して歩くことは難しそうだ。

だが、最初の国のような露骨な差別や極刑とは縁がなさそうな空気を感じた。

見た目の悪さで不利益を被ることはあるだろうが、暮らしていけないほどではなさそうだ。

といっても、不便には違いない。わざわざ住もうとは思わないな。

「そうですわね。ここならなんとか……」

境遇のせいか差別へのハードルが下がったクリスティーナが真剣に頷く。彼女はこのくらいなら受け入れてしまいそうだ。俺はその背中に軽く手を置く。

「目的地なら、きっともっと過ごしやすいさ」

クリスティーナは頷いてから、俺に柔らかな微笑みを向けた。

「でもヤスアキ様と一緒なら、容姿差別にも耐えられますわ」

彼女の言葉と輝くような笑みに、俺は少し照れて彼女から顔を背ける。そしてやや乱暴にその頭を撫でた。

こういう、日常的な場面で不意打ち気味に可愛いところを見せられると、どうしていいかわからなくなる。俺もまだまだだな。

「……ラティーシャ、大丈夫か？」

「え？　あ、ああ。もちろん、大丈夫だわ。久々に人が多くて、ちょっと驚いているだけよ」

仮面のせいで表情はわからないが、少し元気のない彼女に声をかける。

ラティーシャは気丈にそう答えたが、声色からは少し無理しているのがわかる。

「買わなきゃいけないものもないし、早めに宿へ行こうか」

国の中央から離れているせいだろうか。見たところ、そんなに旅人が多い様子もない。この街の宿がどのくらいの規模なのか、気になるところだ。

普段なら眠れれば構わないが、今日は最後の夜。どうせなら最高の環境で楽しみたい。

俺は、周りの美女四人を見つめる。それぞれ魅力的な女性たちだ。

この旅の中で出会った、美女ハーレムのメンバー。

俺は自分の幸運を噛み締めながら、宿へと向かった。


俺たちは、宿で一番ベッドの大きな部屋をとった。当然、一番高い部屋でもあるのだが、目的地は目の前だ。多少の散財くらい許されるだろう。

俺は気楽に考えて、今日を楽しむことにした。

部屋に入った瞬間、クリスティーナがベッドのサイズに感動して飛び込んでいった。

それに付き合うように、ラティーシャもベッドへと寝そべる。

「わぁ、大きなベッドですわ」

「本当だ。すごいわね」

「どうした？　アイリーンも飛び込んできていいんだぞ？」

「いえ、あたしは……そうですね。ご主人様がそう言うのであれば、仕方ないですね」

断りかけたアイリーンは途中で言葉を翻し、俺のせいにするとそのままベッドに飛び込んだ。

先にいたふたりとはしゃいでいる彼女は、とても楽しそうだ。

それに、美女たちがベッドで戯れている姿というのは、俺としても見ていて楽しい。

「いや、ボクはいいよ。強がりとかじゃなくて」

顔を向けただけで、フィルには断られてしまった。

まあ、別に無理強いするつもりはない。どうせ、このベッド自体はあとで存分に使うことになるんだしな。

俺は三人がひとしきりはしゃいだのを見届けると、荷物をまとめて四人へと言った。

「せっかくの大きなベッドだ。四人とも、裸になってベッドに並ぶんだ」

「もう、ヤスアキ君はそんなのばっかりだね」

呆れたようなことを言いながら、ラティーシャが真っ先に脱ぎだした。

「わかりました、ご主人様」

忠実に命令を聞く素振りで脱ぐアイリーンも、期待しているのがまるわかりだ。

「わっ、わかりましたわ！」

少し遅れたクリスティーナは、脱いでいる姿を見せつけるようにゆっくりと服を落としていく。

「ボ、ボクは……」

「脱がされるほうがいいか？」

「だ、大丈夫さ。自分で脱ぐよ」

ほかの三人を見て照れが入ったフィルに声をかけると、彼女は慌てたように脱ぎだした。

四者それぞれの反応が面白い。ひとりひとりも魅力的だが、こうして同時に見るのも壮観だ。

そして、全裸になった四人が広いベッドに並ぶのだった。

三十六話　ヤスアキの美女ハーレム

美女四人が、ベッドの上で裸になって俺を見つめている。

その素晴らしい光景に、股間が反応しないはずがなかった。

「このために、大きなベッドにしたのですね」

アイリーンが納得したように言う。全裸で体をよじりながら、フィルが小さく呟いた。

「ヤス君も、早く脱いでよ……」

フィルの声に合わせて、アイリーンとラティーシャが俺の両腕を引いてベッドに引き倒した。

「四人同時だなんて、欲張りなんだから」

「ご主人様は相変わらずヘンタイですね」

ふたりはきつい言葉を投げかけてくるが、その声は弾んでいる。

「人には脱げって言っておいて、自分は脱がせて欲しいなんて甘えん坊なんだから」

「仕方のないご主人様ですね。ほらほら、ヌギヌギしましょうね」

「あっ、わ、わたしも脱がせますっ」

クリスティーナも参加して、俺の体に手を伸ばす。俺の服はいつの間にかすべて脱がされていて、
四人分の手が裸になった俺の体を撫で回していた。

「んっ、ヤス君のおちんちん……ちろっ」

フィルが肉棒に手を伸ばし、舐め上げた。

俺もじっとしてはいられない。美女ハーレムの主導権は、あくまで俺のものだ。

「ひゃうっ！」

俺はラティーシャを抱き寄せて、彼女を顔の上にのせる。そして、間近にある秘裂にまずは息を吹きかけた。

「んっ、ヤスアキ君の吐息が、私のエッチなところをくすぐってるっ」

彼女はそのまま腰を下ろして、俺の顔を塞いでくる。女の匂いを振りまきながら、俺の顔を腿で挟み込んだ。女体の柔らかさと、筋肉の弾力を感じた。

アイリーンは俺の腕に跨って、こちらに腰を擦りつけてくる。彼女の秘部はすでに濡れ始めていた。俺の腕に愛液を塗りこむように、彼女は腰を動かしていく。

「ちゅぷ、れろ。ちゅぽんっ！　ヤス君、気持ちいい？」

「ヤスアキ様。もう我慢できません。わたしにおちんちんを下さい」

クリスティーナがさっそく俺におねだりをしてくる。

「よし、わかった」

声とともに起きがろうとすると、三人がすっと俺の体の上からどいた。その以心伝心に、俺は喜びを覚える。クリスティーナは足を大きく開いて、俺のことを待っていた。

俺はクリスティーナに覆いかぶさると、正常位で挿入する。

「んっはぁっ！　ヤスアキ様が入ってくるぅっ！」

三人もそれぞれ思い思いの格好で俺のことを待っていた。美女も体位もよりどりみどり。ハーレムの特権だ！

「んほぉっ！　ヤスアキ様ぁ……激しいですっ……！　んあっ！　はぅんっ！」

腰を激しく動かすと、クリスティーナが体を震わせる。

俺は次に、座ったままのフィルに向かう。

彼女を正面から抱きかかえ、膝に乗せて挿入した。

「んっ……この格好だと、ヤス君の顔がよく見えるよ」

「ああ。それに俺のほうからは、フィルのおっぱいもよく見えるぞ。ほら、こんなに揺れてるっ！」

「ああんっ！　ヤス君、そんな、ぅあ！」

激しく腰を突き上げると、目の前で胸が鞠のように弾む。普段は押しとどめられているフィルのおっぱいが、激しく自己主張をしているかのようだ。

「きゃうっ！　おっぱいに顔埋めないでぇっ！」

そう言いながらも、フィルは俺の顔を抱きかかえて自らの胸に押しつけてくる。

「ああんっ！　ヤス君っ！　もっとボクのおまんこを、おちんちんでかき回してぇっ！」

要望どおりに彼女の膣内を突きながら掻き回す。

「んあぁっ！　ボクもう、あぁぁあぁぁぁっ！」

背中をのけぞらせて、しなだれかかってきたフィルを受け止めた。

次に俺は、こちらに突き出されたラティーシャのお尻を掴む。

「ヤスアキ君、隙ありっ！」

「うおっ」

挿入しようと肉棒をあてがった瞬間、彼女のほうから下がって肉棒を飲み込んだ。

そしてそのままぐりぐりとお尻を俺に押しつけてくる。

柔らかなお尻の感触はもちろん、中の肉棒も刺激される。思わぬ快感に腰を引いてしまう。

「んふふっ。ヤスアキ君のザーメンは私がもらう……にょおぉぉっ！」

反撃のつもりで、俺は後ろから彼女の膣を思い切り突く。

肉棒が子宮口をグリグリと刺激して、引き抜いたときにカリ首の部分がヒダを引っ掻いていく。

そのまま激しいストロークで彼女の膣内を犯していく。

「あめぇぇぇっ！　もっと、もっとぉぉっ！」

ラティーシャが体を崩し、ベッドの上に倒れ込む。

そして最後に、アイリーンを上に乗せた。

「アウッ……！　おちんぽっ、待ちわびてましたっ。ンアッ！」

下から腰を突き上げて、一気に奥を突いていく。待たせていた彼女の膣内は、もうすっかりトロトロになっていて、抽送もスムーズだ。

アイリーンを抱いていると、三人が俺の体に近づいてくる。せっかくだ。四人同時にイカせるのはどうだろうか。

「みんな、それぞれ俺の手や顔に乗るんだ」

俺の提案に、三人はすぐに飛びついた。クリスティーナとラティーシャがそれぞれの手にまたがり、フィルがおずおずと俺の顔に腰を下ろす。

俺は両手と舌を使って、三人の秘裂をそれぞれ刺激した。

もちろん、腰を突き上げるのも忘れない。

四人同時はかなりきついが、充実感もある。

肉棒と両方の指、そして舌を含めて四カ所同時挿入は、普通経験できることじゃない。

それにこうしてみると、彼女たちそれぞれの違いもわかる。

「おぅっ！　ヤスアキ様の指に掻き回されて、おまんこじゅぶじゅぶいってますわっ！」

「ヤスアキ君、もっと、奥までっ！」

クリスティーナは腰を動かして俺の指を飲み込んでいるし、ラティーシャはこちらの腕を掴んでぐいぐいと腰を沈めてくる。

「ヤス君……ボクの女の子を、いっぱい見てね。きゃぅっ！」

顔の上にまたがって、積極的になってきたフィルのクリトリスを舐め上げる。

俺の上に乗るアイリーンは、積極的に腰を振って俺に快感を与えてくる。

「アンッ！　ご主人様のおちんぽにメロメロですっ！　ンッ、アッ！」

ジュブッ、ズリュッ！　ジュル、クチュッ……！

誰ものもかもわからない、みだらな音が響き続ける。

混ざり合った性臭が部屋に充満していく。乱れる美女たちは、みんな俺を求めてくれている。

ああ……美女ハーレムは最高だ！

「それじゃ、全員同時にイクぞ」

俺が声をかけると、四人がそれぞれ頷いた。この一体感こそ、俺が求めていたものだ。

タイミングを合わせるためだろう。ラティーシャが先ほどまでよりもさらに強く腰を振って、俺の指を飲み込む。俺も応えるように、彼女の膣内をかき回した。

「ん、ふっ……わたし、もうっ……」

「ンアッ、フゥッ、んっ！　あたしもイキそうですっ！」

「ひゃうっ。ヤス君の舌が、ボクの中を掻き回してるっ！」

「ああっ、ヤスアキ君の指にイカされちゃうっ！」

それぞれ嬌声を上げながら、四人が腰を振る。

全身に気持ちよさを浴びている俺も、もう限界だ。

「よし、一緒に……！」

俺は四人に向けて合図を送り、腰、舌、両手を突き上げる。四つのおまんこが俺を締めつけて震えた。

『イックゥウウウウウウ!!』

俺たちは全員同時にイった。

みんな体力の限界を迎えたのか、広いベッドの上にそれぞれ倒れこんだ。

シーツはすでにぐちゃぐちゃで、俺たちの行為の激しさを物語っていた。

俺はすぐ側に美女四人の体温を感じながら、息を整えるために深呼吸をした。

部屋中に満ちた匂い、主に彼女たちのフェロモンを感じる。すごい充実感だ。

彼女たちの安らかな寝息が聞こえてくる。

ああ、これが美女ハーレムだ。こんな日々を、これからも過ごしていこう。

俺は満たされた気分で、眠りに落ちていったのだった。

エピローグ　旅の終わり

馬車は速度を上げて、美女ばかりが住む街へと進んでいく。

いよいよだ。俺たちの期待も高まっている。馬車がいつもより速いのだって、それを操っているアイリーンの気持ちがはやっているからだろう。

「ヤスアキ様……本当にありがとうございます」

しっとりと言うクリスティーナに、俺は面食らった。

「ヤスアキ様のおかげでわたしは牢から出られて、この街に着けばきっと、容姿差別に悩まされずに暮らせるんですね」

「俺のほうこそ、感謝してるよ。クリスティーナがいたからこそ俺はこっちの世界に来られたんだ」

しみじみと呟いてしまう。ただの社畜リーマンだった俺が、この世界で経験してきたこと。ほとんどエロいことばかりだったが、それだって元の世界じゃ経験できなかったことだ。それもすべて、クリスティーナとの出会いから始まっている。

いや、よそう。こういうのは俺っぽくないし、さすがにみんながいる前では恥ずかしいからな。

「ラティーシャはどうだ？」

俺は逃げるように、彼女に話を振る。彼女は少し考えるようにしながら答えた。

「そうね、私も楽しみよ。怖がられずに人間と過ごせるんですもの。一緒に過ごせる人がいるのは、嬉しいわ。まあ、でも……」

と、ラティーシャは馬車の中を見回して、御者台のアイリーンにも目を向ける。

「私の願いは、もう叶っているみたいなものだけれどね」

彼女は暖かく微笑んだ。それは寂しさを乗り越えた、年上の包み込むような笑顔だ。

「フィルはさ」

「うん？　ボクかい？」

呼びかけられて、彼女は首を傾げる。俺はそんな彼女に、思っていたことを口にした。

「街についたら、普通に女の子の格好をしてみないか？」

「え？　ボ、ボクがかい……？」

フィルは戸惑ったような声を上げる。女としての、自分の容姿を嫌って、ずっと男装で過ごしてきた彼女。だけど、俺は服を脱いだ彼女がとても魅力的な女性だということを知っている。

そんな彼女の着飾った姿を、俺は見てみたいのだ。

「ああ。その格好を、俺に見せてくれ」

「……うん。ヤス君がそういうなら、いいよ」

少し悩んだが、彼女は頷いてくれた。俺と体を重ねたことが、彼女の背中を押したのかもしれない。だとしたら嬉しい。

「アイリーンはどうだ？」

「あたしは……仮面なしで、町中を堂々と歩いてみたいです。そのときは、ご主人様に隣も歩いてもらってもいいですか？」

「ああ。もちろんだ」

アイリーンの希望は普通の人間には些細なことだが、この世界では、彼女が叶えられる場所の少ない願いだった。

「街が見えてきました！」

興奮したアイリーンの声に、俺たちはみんなして馬車の前部分に押しかけた。

あそこが、美女ばかりが暮らす街か。馬車が速度を下げて、街の入り口へと近づいていく。

来訪の目的を告げて簡単な手続きを終えると、綺麗なダークエルフが俺たちを出迎えてくれた。

「……はじめまして。わたしはジュリー。街中を案内しながら、町長の元までみんなを連れていくわ。……よろしく」

「よろしくお願いしますわ」

クリスティーナが率先して答える。ダークエルフへのわだかまりは、とくにないようだな。

「……ここは、容姿差別に苦しんだ人たちが、逃げ込んでくるための場所だったから。種族とか国は、関係ないの」

俺の疑問を察知したのか、ジュリーがそう話した。

俺たち五人は、彼女に連れられて街の中を歩いていく。街は活気に満ちていた。そして本当に美女ばかりだ。今までの街とは違い、彼女たちは堂々と素顔をさらして街を闊歩している。

自由に街を歩く彼女たちは、輝いているように見えた。この街では本当に、容姿差別がないのだ。

目が合った美女が、こちらへ向けて手を振ってくる。俺は彼女に向けて手を振り返した。積極的なところは、やはりこの世界の女性なんだな。

「ご主人様、鼻の下が伸びてますよ」

アイリーンが俺を小突くと、逆側からはフィルが袖を引いた。

「今度、女っぽい服を買いたいから、ヤス君に一緒に来てほしいんだ。どんな服が好みか教えてよ」

「お、おう……」

「ふふっ。私のことも、忘れないでくださいね？」

後ろからラティーシャがしがみついてくる。俺の背中で、彼女のとても豊かな胸が柔らかく潰れた。三人とも急にアピールしてくるので、俺はとりあえず両側のふたりを抱き寄せた。両手に花だ。

一瞬こっちをにらんだアイリーンも、すぐにおとなしく抱かれるままになっている。

「あっ、あっ、ずるいですわっ。わたしも、えいっ！」

振り返ったクリスティーナが状況に気づいて、正面から俺に抱きついてきた。

柔らかな胸と上目遣いのコンボは魅力的だが、そう抱きつかれると歩けない。

「……案内、続けてもいい？」

決してテンションが高いわけではないが、ジュリーの声色は優しさに満ちている。それにどこか、俺たちに懐かしい誰かを重ね合わせているみたいだ。ダークエルフだから、見た目よりもずっと年上なのかもしれない。

「あ、ああ。すまない。ほら、みんな、続きは後だ」

俺は四人に言って、手を離す。みんな渋々といった感じだが、ちゃんと従ってくれた。

再び歩き出した俺たちに、ジュリーが説明を続けてくれる。

「……この先にある広場には、街の発展に大きな影響を与えた男性と、初代町長の銅像があるの。

そこで、今の町長が待ってる」

「そうなのか」

銅像のことを語る彼女は、どこか遠くを見ているようだった。古い友を懐かしむような、初恋を思い出しているかのような、年長者にしか出せない表情だ。

「……彼も、あなたと同じ、異世界人だった」

やがて、その広場と銅像が見えてくる。

銅像は寄り添うような男女のものだ。あれがその、初代町長と男性なのだろう。

その像の前に、ひとりの女性がいた。銅像の女性とどこか雰囲気が似ている。

「はじめまして、皆様。私はイリヤ・バール・バトン。この街の町長をしております」

「……イリヤは、初代町長の子孫なの」

ジュリーの解説に、イリヤは微笑みを浮かべた。きっと彼女も、自分の家族が好きなのだろう。

「道行き見ていただいたと思いますが、この街では容姿による差別はありません。互いの過去や立場も関係なく、みんなが自由に暮らせる街を目指しています」

そこでイリヤが、俺たち五人を眺める。その瞳には優しさが満ちていた。

美女たちがこれまで受けてきた傷に共に寄り添って、それを癒やしてくれようとする者の瞳だ。

「皆様を、心から歓迎します」

彼女の笑顔は、俺たちへの歓迎と、街への誇りをうかがわせた。

イリヤは俺たちを迎え入れるように、街全体を見せるように、両手を広げる。

「ようこそ、我が街。ブロッサムへ！」

書き下ろし短編　鳥籠の外の青空

街で暮らし始めてから、一ヶ月ほどがたった。

ここでの生活にも慣れ始めて、俺は美女ばかりの街を満喫していた。

こちらの世界に来てからいいことばかりだった気がするが、この街ブロッサムはとくに過ごしやすいと感じている。元の世界でしがないリーマンをやっていたときとは大違いだ。

「こんな時間に寝られるしな」

窓の外には、満天の星。夜中まで電気がつきっぱなしだったむこうでは考えられないことだ。

この世界には深夜残業などない。大抵の仕事は日没で終了だ。その分、朝が早かったりするのだが、夜しっかり寝ておくとつらくないから驚きだ。

トントントン、とドアをノックする音が響く。俺は夜空から視線を離し、ドアを開ける。

「ヤスアキ様、お時間よろしいですか？」

立っていたのはクリスティーナだった。

俺は彼女を部屋に招き入れ、自分はベッドに座る。この部屋には椅子が一つしかないからだ。

「失礼します」

声をかけた彼女は、椅子ではなく俺の隣に座ってきた。

彼女の体からは石鹸の匂いがした。風呂あがりなのだろう。見れば肌も桜色に染まっていた。

クリスティーナは俺のほうへと視線を向けて、小さく呟いた。

「ヤスアキ様、本当にありがとうございます。……わたしを、あの暗い牢から連れだしてくれて」

彼女は目を窓の外へ向ける。そこには星空と、ブロッサムの街が広がっていた。

「ここは、本当にいいところです。なんの差別もなく、普通に街を歩いて、普通に暮らしていけるなんて……」

彼女は小さく息をついて、窓よりももっと遠くを見つめた。

「エルフの国で暮らしていた頃も、人間の国へ引き渡されてからも、こんなにも自由な生活なんて、考えもしませんでしたわ」

この世界の容姿差別は根深い。旅をしていた間も、それを強く感じた。彼女がいた国は、特別に容姿差別がひどいところだったからなおさらだろう。

クリスティーナの手が隣に座る俺の掌に重ねられる。彼女の小さな手が、俺の手をぐっと握る。

「でも、ヤスアキ様が現れて……。わたしを抱いてくれて、牢から連れだしてくれて。そしてついに、こんな素敵なところにまで連れて来てくれましたわ」

彼女の瞳が、まっすぐに俺を見つめた。

俺も彼女を見つめ返して、深く頷く。

「前にも言っただろう。俺のほうこそ、クリスティーナがいたからこそ、こちらの世界に来られたんだよ」

手をひっくり返して、彼女の手を握り返す。細い手を包み込みながら、俺は続けた。

「こっちこそ感謝してる。最初にあの場所でクリスティーナに出会わなければ、俺はこの街に来ていなかっただろうし」

そんな俺の言葉に、彼女は笑みを浮かべた。

「ありがとうございます。ヤスアキ様に出会えて、本当によかったです」

彼女は体を傾けて、俺の肩に頭を預けた。石鹸の匂いと彼女の体温が強く感じられる。

俺たちの関係も、いる場所も、最初とは随分と違う。

「いろんなことがありましたわね」

旅をしていたのは一月ほど前のことだ。でもこのところ新生活でバタバタしていたし、ゆっくりと振り返る機会もなかった。

だがあらためて考えてみると、本当にエロいことしかしてなかったな……。

行く先々で美女を抱いていただけだ。旅を満喫しているとも言えるし、幸せなのは間違いないが、しみじみと振り返るような内容ではない。

「少しずつ容姿差別がゆるくなっていったり、賑やかになっていったり。牢の外は新鮮なことだらけで、とても楽しかったです。仲間も出来ましたしね」

つらい生活だっただろうに、彼女はちゃんと思い出として語ることが出来るようだった。俺はそんな彼女の横顔を見つめる。

相変わらず、息をのんでしまうような美貌だ。彼女自身を知って慣れたつもりでも、あらためて見るとやっぱり見とれてしまう。

「仲間が増えたのは嬉しかったのですが、その分……ヤスアキ様と過ごす時間が減ってしまったのはだけは、残念でしたわ」

彼女はもう片方の手で、俺の太腿を撫でた。体がより密着し、彼女の柔らかさを感じる。

「でも、今はふたりっきりですね」

「そうだな。……クリスティーナ」

俺は彼女をベッドに押し倒した。

仰向けになった彼女が、俺を見上げて微笑む。その美しさとエロさだけは、最初から変わらない。

俺は彼女の服に手をかけて、ゆっくりと脱がせていく。彼女の豊かな胸は、仰向けでも充分な存在感を放っている。最初のときも、この胸に理性を奪われたんだっけ。

俺は欲望のまま、彼女にキスをした。

「んっ、ちゅっ」

彼女の唇は甘い気がする。それが錯覚なのか確かめるため、再びキスをした。体を強く押し当てると、俺の体で彼女の胸が潰れる。その柔らかな感触に俺の興奮は高まって、求めるようにキスをする。

今度は舌で唇を舐めとる。そして開いた口内に侵入し、彼女の舌を絡めとる。

「んっ、むちゅっ……ぴちゅ、れろ」

互いの舌を舐め回して、唾液を交換しあう。

「んふぅっ！」

口内の上のほうを舐めあげると、驚き喘いだ彼女の吐息が俺の中へ飛び込んできた。

「ん、ぷはっ……！　キスだけで、すっごい感じちゃいます」

口を離すと、繋がっていた唾液が彼女の胸へと落ちる。

俺は両手を使って、彼女の胸を揉みしだく。柔らかく沈み込みながらも、弾力がある。肌はとてもなめらかで、いつまでも揉んでいたいおっぱいだ。

「んうっ！　ヤスアキ様はおっぱいが好きなんですね。私の胸でここをこんなにしてくれて、嬉しいです」

彼女の手が、俺の股間へと伸びる。ズボン越しの肉棒を擦られて、俺は気持ちよさに呻いた。

俺のほうも負けていられない。

そのまま下まで、彼女の服を脱がせていく。

「あっ……」

クリスティーナの手が俺の股間に届かなくなり、彼女が残念そうな声を出した。

その代わり、今度は俺の手が彼女の股間へ届く。

「もう、こんなに濡れてるじゃないか」

くちゅり、と彼女の下着から音がする。すでに愛液が溢れ、下着を濡らしていた。

「んっ……。ヤスアキ様がエッチな触り方をするからです。あんっ」

彼女の要望どおり、下着の上から秘裂を撫で上げる。そしてそのまま、下着を引き下げる。

濡れた下着が糸を引いて、クリスティーナは小さく「やぁっ……！」と声を上げる。

すべての衣服を剥ぎとって、生まれたままの姿になった彼女を見下ろした。

その美貌もさることながら、彼女は体も完璧だ。

大きな胸にくびれたウエスト。肌は透き通るようで、見ていても触れても素晴らしい。

そんな彼女が、俺を求めてくれるのだ。興奮するに決まっている。

「クリスティーナ、四つん這いになってくれ」

「はいっ。わかりましたわ」

彼女は素直に答えると、四つん這いになってお尻をこちらに向けた。

つるんとした絶妙な厚みのお尻が、誘うように突き出されている。

彼女のアナルも割れ目もハッキリと見える。俺はそのお尻をそっと撫で上げた。すべすべの肌が、俺の掌を抵抗なく滑らせる。

「ひゃうっ！　ヤスアキ様……？　わっ、おちんちん、すごいことになってますっ」

こちらを振り向いたクリスティーナが、服を脱いだ俺の肉棒を見て声を上げた。

俺はガチガチになった肉棒を晒したまま、彼女に尋ねる。

「クリスティーナは、どうして欲しい？」

最初は命令だった。旅そのものも命令だった。だけど、今は違う。俺たちはたどり着いた場所で、ただ欲望のままにセックスをするのだ。

「ヤスアキ様のおちんちんで、わたしのおまんこを掻き回してくださいっ！」

彼女の答えを聞いて、俺は腰を掴む。

すでにトロトロになった秘裂は、肉棒を待ちわびてヒクヒクと震えている。その様子がとてもエロく、俺は彼女の中をまじまじと見ていた。

「ヤスアキ様ぁ……もう我慢出来ませんっ！　早くおちんちん挿れて下さいっ」

俺を急かすように、彼女がお尻を振る。目の前で懇願されながら、誘うようにお尻を振られたら我慢なんて出来るはずがなかった。

俺は彼女の思惑どおり、肉棒をあてがって一息で貫いた。

「おほぉっ！　おちんちん、一気にきたぁっ！」

俺の肉棒が彼女の中を押し広げる。そのまま彼女の膣内を掻き回していく。

「んっ、はぅっ！　んんっ！　おちんちんが、じゅぶじゅぶ入ってきてるぅっ！」

膣壁が絡みついて、肉棒を締め上げる。ヒダがぴったりと肉棒を包み込んで、吸い尽くされるかのようだ。

「わたしのおまんこ、ヤスアキ様の形になってますっ！」

「ああ、ぴったりはまってるな。このまま一体化してしまいそうだ」

実際、ずっとこうしていたいくらいだ。

次々と溢れ出てくる愛液のおかげで抽送はスムーズ。

なのに肉棒には痺れるような快感が伝わってくる。

包み込まれている温かさや安心感と、ヒダが送り込んでくる鋭い刺激。

俺は夢中になって腰を振り続ける。

「おぅっ！　ん、はぁっ！　ヤスアキ様のおちんちんが、奥までガンガン突いてりゅっ！」

子宮口を亀頭が叩くと、彼女が反応して体を動かす。

その拍子に締めつけがきつくなって、俺はさらに快感を求めて動きを激しくする。

「らめぇっ……！　そんなに激しくされたら、んぁっ！」

呂律の回らなくなってきたクリスティーナの膣内が、肉棒を求めて収縮する。

「んほぉっ！　おぅ、んあ、イク、イッちゃう、んあぁぁあぁぁぁあっ！」

体を大きく震わせて、クリスティーナが絶頂する。

反らせた背中のラインがとてもエロく、俺は欲望に突き動かされて、さらに速く腰を動かした。

「らめぇ！　イったばかりだからぁっ！　そんなにされたら、おかしくなっちゃいまひゅっ！」

「好きなだけおかしくなってもいいんだっ！　ドスケベなクリスティーナは好きだぞ」

「あふっ！　おまんこガンガン突かれながらしょんなこと言われたりゃぁっ！　んぁっ！」

さらに嬌声を大きくして、クリスティーナが乱れていく。

彼女の痴態を見せつけられて、膣壁に絡みつかれている俺もそろそろ限界だ。

「くほぉっ！　わらひのなかで、おちんちんが膨らんでまひゅっ！　いっぱい暴れて、おまんこぐちゅぐちゅに掻き回してりゅっ！」

肉棒はもちろん、金玉、腰のあたりまで痺れるような快感が広がり、俺はラストスパートをかける。彼女のお尻に腰を打ちつける音が大きく響いた。

バシン、バシュッ！　パンパンパンパンパン！

「ヤスアキ様の子種汁、わらひのなかにいっぱいくださいっ！　んっ、うぁっ」

「ああ、遠慮なく出すからな！」

「おほぉっ！　ん、おぉおおぉぉおっ！」

ビュク、ビュルルルルルルルルッ！

俺は彼女の膣内に思いっきり射精した。大量の射精で、彼女の中を埋め尽くす。

「おふぅっ！　ヤスアキ様の子種汁が、わたしの子宮にいっぱい届いてますっ。ん、ぅあ……！」

そのままベッドに倒れ込んだ彼女は、満足そうに微笑んでいた。

「ヤスアキ様。わたし、今本当に幸せです」

ベッドの中、俺の隣でクリスティーナは呟いた。ひととおりの後始末を終えて、朝まで一緒に寝るところだ。

彼女はベッドの中で俺に寄り添っている。触れ合う彼女の柔らかさから、先程までの行為を思い出しかける。せっかくベッドも整えたんだし、今は会話に集中することにした。

「ああ、俺も幸せだ」

彼女の髪を撫でる。つややかに流れる感触の心地よさを楽しんでいると、撫でられた彼女も気持ちよさそうに目を細めた。

「俺たちはこの街で、今みたいな幸せをずっと続けていくんだ」

「はい。ヤスアキ様と一緒に、わたしも……」

「約束だ」

彼女は隣で、すやすやと寝息を立て始める。安心しきった顔で眠る彼女に、俺も癒やされて落ち着いてきた。隣で眠る彼女の吐息を聞きながら、柔らかなベッドの上で俺も眠りに落ちていく。

たった数カ月前までいたのに、元の世界は遠い過去のようだった。

この街と、隣で眠る彼女。そして美女ハーレムのメンバーたちが、今の俺の現実だ。

睡魔に負けた俺は、深い眠りへと落ちていく。

もう二度と、けたたましい目覚まし時計の音を聞くことはない。

今の俺を起こすのは、彼女の優しい声だから……。

あとがき

みなさま、こんにちは。もしくは、はじめまして。赤川ミカミです。

うれしいことに、前作に引き続きこの『逆転異世界の冒険者』もパラダイム出版様より書籍化していただくことが出来ました。

書籍化はもちろん、前作共々それだけ多くの方に喜んでいただけたことが幸せです。

さて、タイトルからもわかるとおり、この作品は前作の『逆転異世界の救世主』と世界観が繋がっております。といっても、独立したお話になっているので、こちらだけでも安心して楽しんでいただけると思います。

気になった方はもしよろしければ、同じキングノベルス様より出ている『逆転異世界の救世主』全三巻もお手にとっていただければ、とても嬉しいです（宣伝です……）。

今回は、逆転異世界という要素は引き継ぎつつも、自分なりに新しいことにチャレンジしてみました。

その一つが、主人公のヤスアキです。個人的には受け身なキャラクターを書き慣れているのですが、今回のヤスアキは主人公らしく（？）欲望のままガンガン動いていくキャラクターです。物語を引っ張っていってくれる反面、作者も驚くような行動をとることもしばしば……。作中のキャラたち以上に、作者が彼に巻き込まれていった感じです。

個人的には書いていてとても楽しかったのですが、いかがだったでしょうか。

また、本作は一冊完結となっております。

前作で書籍化に携わらせていただいたことで、大体どのくらいの量が一冊になるかがわかったので、今回は最初から「一冊くらいで完結する話にしよう」と思って書き始めました。

しかし、この「くらい」という部分が問題でした。一冊分を目指すと言っても、そんなにきっちり考えていたわけではありません。早々と書き終えて意気揚々と予約投稿。WEB版では何の問題もなく完結することが出来ました。

ところが……いざ書籍化のお話をいただいてページに直して確認したところ、一冊にするには少し多い数になってしまいました。

二冊にするにはまるで足りず、かといって内容を削ってしまうのは嫌でした。そこで担当様に相談させていただき、どうにか削らずに一冊に出来るよう調整していただきました。生兵法は怪我の元、という言葉を実感しました。みなさまもお気を付けくださいませ……！

それでは最後に謝辞を。

今作もお付き合いいただいた担当様、その節はご迷惑をおかけしました……。削らずに書籍化していただき、本当にありがとうございます。

そして、拙作のイラストを担当して下さった鎖ノム様。どのヒロインも大変可愛らしく描いていただき、ありがとうございます。特に口絵のヤスアキがうらやまし過ぎます。

最後にこの作品を読んでくれた方々。前作から追いかけてくれた方、ＷＥＢから追いかけてくれた方、書籍にて初めて出会った方、元々逆転ものが好きな方、逆転ものに初めて触れた方……ありがとうございます！　これからも頑張っていきますので応援よろしくお願いします。

それではまた次回作で！

二〇一六年一二月　赤川ミカミ

キングノベルス

逆転異世界の冒険者
～逆転した異世界でお気楽ハーレム旅!～

2017年 2月 1日　初版第1刷 発行

■著　　者　　赤川ミカミ
■イラスト　　鎖ノム

本書は「ノクターンノベルズ」(http://noc.syosetu.com/)に掲載されたものを、
改稿の上、書籍化しました。
「ノクターンノベルズ」は、「株式会社ナイトランタン」の登録商標です。

発行人：久保田裕
発行元：株式会社パラダイム
〒166-0011
東京都杉並区梅里2-40-19
ワールドビル202
TEL 03-5306-6921

印 刷 所：中央精版印刷株式会社

KN023

赤川ミカミ
Mikami Akagawa
illust:100円ロッカー
KiNG novels
みんな、そんなに僕が好きなのかい?
逆転異世界の救世主 1
＊異世界トリップした先で美女に感謝され＊
＊イチャラブ生活送ってます＊
異世界都市ブロッサムに転移した智明は、美醜の価値観が逆転した世界で、悩める女性たちを癒やす男娼を、仕事として選んだ。智明からすれば最高に美しい容姿を持つ彼女たちは、ある理由から性にも積極的で…。